捕捉時光
留住晴天

潘金英　潘明珠 / 著

文學足跡 🗐 吉光片羽

香港、廣州、上海

於書香文化節新書發佈會

潘氏姊妹與杜國威

出席上海國際童書展，
和 IBBY 主席張明舟先生留影

明珠和魔法童書會張弘

應邀來秦文君小香菇之家發佈新書

 全書剪紙畫，均為施香凌創作。

文學足跡 📑 吉光片羽

倫敦、紐約、紐西蘭、歐洲

於斯洛伐克交流

於倫敦交流

於紐約與歐洲作家 Henrik

出席紐西蘭 IBBY 會
與作家曹文軒

與藝術家夫婦 Henrik，胡詠儀

文學足跡 📑 吉光片羽

澳門、台灣

於台北與作家方素珍

格林姊妹為澳門文學節主持閱讀活動

和澳門圖協的王國強會長
於澳門文學節

喜遇著名詩人胡弦

與桂文亞老師

文學足跡  吉光片羽

青島、杭州、亞洲

中國童詩教學與寫作研討會，
和詩人王宜振留影

與日本藝術家和歌山靜子

出席亞洲兒童文學大會

青島出版社魏曉曦
策劃詩繪本系列

與孫建江老師於杭州的曉風書屋

與朱自強教授及左韋老師

金英 ● 暖暖歲月

我的青春一去無影蹤，

我的青春小鳥一去不回來…

明珠 ● 暖暖歲月

花兒謝了，

明年還是一樣的開…

潘氏姊妹金英，明珠部份作品

二人全部著作，收藏於澳門大學圖書館專架，及二十本兒童文學著作，另收藏於北京國家圖書館少年兒童館專架。

潘金英，明珠（格林姊妹）近期活動

「公益贈書一百」活動推動閱讀

香港電台 CIBS 節目《小學生眼中的社區》廣播劇
https://cibs.rthk.hk/latest_news/detail/620dfe3b24c98?lang=zh_hk
閱讀悅寫學歷史─穿梭時空來創作 徵文比賽
https://www.hkedcity.net/eventcalendar/event/60090b2ccc9f934f2e9df33f
樂寫中華文化生活寫作坊
https://www.hkedcity.net/eventcalendar/event/614c2c54064612806c7c11e4

序

孫觀琳

　　筆耕與農耕相同處：貴在辛勤。俗話說：「一分耕耘，一分收穫。」金英、明珠姐妹以積極向善、愛心充盈，活在當下的人生態度，為我們錄下了生活中的珍貴篇章，供我們分享了一份美好的精神食糧。

　　她們用文字表現親情，娓娓道來，洋溢著深情厚意，那濃得化不開的情愛，真誠、自然，令人感動。

　　文學作品，無論是小說、散文和詩歌，都是生活的一面鏡子，真實地反映著人生，記錄著時代的烙印。

　　唯有以認真的態度扎根於生活的沃土，方能枝茂葉繁，綻放出悅目的鮮花，結成纍纍碩果。

　　讀金英、明珠的文字，能感染到她們積極且正面的人生取向，從而得到鼓舞。

　　金英多年來均服務於教育界，育人無數，她曾任圖書館主任，在推廣閱讀和創作活動方面貢獻良多，兢兢業業，永不懈怠。業餘辛勤筆耕不輟，佳作如林。

　　明珠曾任亞洲兒童文學學會中國香港共同副會長，在任期間，積極與亞洲盟友交流，研究兒童文學，並一直和香港中央圖書館合作，推廣閱讀、寫作及故事比賽等活動，十年如一日，努力奉獻。

　　而筆耕是她倆情有獨鍾的事業，姐妹常攜手合作，被文壇譽為「格林姊妹」，足證她們的努力沒有白費，贏得同道中人的敬重和青少年朋友的熱愛，不負此生。

　　「朝夕閱讀，不負韶華。」願讀者在目前社會動盪，疫情肆虐，人心不安的現實環境下，多讀好書，在別人真實的記敘和情感的抒發中，體驗豐富的人生和文字的魅力，以濃濃的詩情及愛意來撫慰心靈，且獲得滿足。

　　《捕捉時光‧留住晴天》是兩姐妹繼散文集《心窗常開》後再送給大家的精神食糧。讓陽光和清新的空氣透進來吧！

　　一掃眼前的郁悶，以迎接幸福的明天。

註：本書原擬題為《心窗常開2》。

〈名家推介〉東瑞

童真・想像・大自然
──英明詩繪本：《大樹小樹》、《小八哥可可》

金英的《大樹小樹》和明珠的《小八哥可可》我愛不釋手，讀了三次。發現具有四大共同點：

其一，文字詩意流露，洋溢着最美的純真情愫，有意給浮躁喧囂的城市生活來一次衝擊和均和。……

其二、兩本繪本都有意將故事背景放諸大自然，引領孩子們走出大城市，認識多點大自然。

其三，世界著名畫家繪畫，構圖用色都各有風格，令繪本圖文相得影彰，可讀性更強……

《大樹小樹》的畫面富有強烈的動感，固定的大小樹，山川河流彷彿都有了生命似的，一股風在林中的穿梭……視覺對比性強烈。

《小八哥可可》的繪畫將中國剪紙線條的勾勒特徵揉合了西洋的裝飾風格，重視圓、方、線條的組合，以溫暖色彩擁抱故事……

（書評節錄自東瑞新浪博客 http://blog.sina.cn/dpool/blog/s/blog_c24add820102yn4t.html?type=-1）

目錄

鳴謝：孫觀琳女士、東瑞先生、黃維樑教授、
黎漢傑先生、施香凌女士

英 卷

英卷：

＊生命季

金石良言

　　他們是一本又一本很好的大書，我們可以怎樣感謝他們呢？

　　他們的人，當時的事；浮在我記憶中，好像一頁又一頁的書頁，平鋪開來，散發書香，我們在翻閱中，一次又一次再細味他們的愛……

三牛上身話東瑞

　　牛年邁著矯健的步伐向我們走來，今年肖牛，盼牛氣沖天，送走疫災、送走悲傷，帶來歡樂，留下和諧。希望在嶄新的一年，人人都「牛」，你「牛」我「牛」大家「牛」；人人精神抖擻，對日子有美好的憧憬，取得豐碩的成果！

　　筆者在春節收到的多條短信中，出現頻率最高的四字賀詞，就是「牛氣沖天」。想實現這美好的願望，就要有牛的精神了。牛年最精神、最牛的是誰呢？

　　我覺得牛年最牛，要數東瑞！為甚麼？理由有三：

　　一、東瑞是敢於拓新的「拓荒牛」。

　　牛象徵著力量，給人力拔山兮的氣蓋，力大無比，給人奮發向上的感覺，「拓荒牛」寓意精神振奮，生活、工作都有奮進的積極態度，可創造出不可低估的事業。東瑞敢作敢為，有冒險精神，他對文化事業很有心，但創業艱難，創出版文學書之事業，更是難上加難！他就地取材，要挑戰新嘗試，為文學困乏多情，不怕艱辛，不似別人怕蝕錢而視為畏途，在一九九一年看準了中小學極需精神食糧，遂突圍上山，銳意立志開拓出一片新版圖，要帶動校園文化，創意似甘泉活水，一浪一浪帶動閱讀潮流，而且愈戰愈勇，出版了一批又一批的好書，銷書過幾十萬本。全因他不固步自封，藉兒童及少年文學重鎚出擊，身體力

行，到校辦書展及閱讀講座，以文學喚童心，加上難得他拍住賢內助，和夫人瑞芬秤不離陀，兩人勇於創業、拓新做「拓荒牛」，明知山有虎，偏向虎山行，任勞任怨、一往無悔。劉以鬯曾讚賞：十年來為了興辦獲益出版公司，瑞芬、東瑞一直在崎嶇的虎山行走，勞心盡力，艱辛奮鬥，終取得輝煌成就。

深圳市有一尊著名的「拓荒牛」雕塑，深圳人就是發揚「拓荒牛」精神，在短短三十年間，把一個小漁村建成了一座現代化的大都市。創新是一個民族生生不息的力量，拓荒是勇者前進的動力。東瑞、瑞芬伉儷有愛拼精神，合力共搞文藝事業，雖清楚在香港不容易，但心裡有使命，就激勵自強有拼博，感到雖敗猶榮，令人欽佩。東瑞人品、文品俱好，是那種正直老實，沉靜真誠，而且有社會責任感的作家、出版人，對寫作、對推廣文學，心裡永遠有一片美好的熱切期望。他雖然以獲益出版為正業，但愛寫作的他，並沒把寫作當作「副業」，總是認真地寫，從構思到落筆，都有要求，很講究。他在處理自家獲益出版公司業務的前提下，仍堅持每天寫作、閱讀，數十年如一日；他的「拓荒牛」精神，在自己的讀寫生活和事業裡，時時創新、大膽突破，逆市書展，輔以閱讀講座，裡應外合，得以相輔相成。沈本瑛當年稱：「在香港兒童及青少年不斷受著低俗文化侵蝕的時候，獲益以獲智趣、益身心的出版物，來填補他們的身心，真正為他們做了件大好事！」

我欽佩東瑞為香港文學繁榮貢獻良多，盡心力做出興

旺優質文化之事業，這難能可貴之開拓精神，啟示我們對文學和下一代要有使命，啟示我們大膽追求理想，發揚創新、拓荒的勇氣和精神。

二、東瑞是肯埋頭苦幹的「老黃牛」。

我喜歡牛的溫和、堅韌、樸實、勤懇的性格，我佩服牛默默無聞、任勞任怨的精神；牛吃進去的是草，擠出來的是奶，牠不怕苦，不怕累的無私奉獻，精神可敬。書山有路勤為徑，東瑞著書勤奮，性格似牛，他寫不少，而且寫得快、寫得好，成績都是一點一滴幹出來的。勤於筆耕的他，是個大忙人，除了正職外，業餘的寫作任務很重，有時中午匆匆吃過飯，就半小時也不放過地在麥記寫，所以他是多產的！無論寫兒童文學、散文、小說，他無一不精，文字駕馭力很強，佳作屢獲獎，是有本領的高手，近三年就已出版了十本書，令我輩很是敬佩！

他熱愛生活，對文學有份深情，熱愛和文字起舞，最愛在鍵盤上敲拍跳動；近年疫情，宅家更勤於創作；他曾帶頭在網上召開「文字舞會」，以新浪博客為平台網上發表各類文學，因其文字豐盛兼富拼搏精神，為人津津樂道。

我特別欣賞他這年來迎向當世之思慮，忙碌敲鍵、忘我的寫，寫成了新冠肺炎爆發以來之《愛在瘟疫蔓延時》五十篇小小說：廁紙女王、引爆、隔世、比 COVID-19 更毒的變種病毒、夫婦美髮屋、口罩、撤離者、最後一餐、囚之愛、病毒捕手、主廚的鍋、金牌宅家男、視窗的小女生、走出愁雲山外、大廈阿姐、紙皮婆婆、那年新冠賽

事、馱三千個口罩的人……喜歡他多篇佳作，平淡中見真
摯，有飽滿的感情，寫出了在瘟疫蔓延時，疫世凡間人事
變異無常，生命危情和大愛，反映出世情百態，構思新
穎，敘事寫人，精準到位，含悲憫的人文情懷，更富有正
能量。常引來網上讀者熱烈反應，上他博客者已聚眾超過
四十九萬人，真是個中翹楚！

東瑞如果是植物，他一定是生長在不理想環境下的
仙人掌，或灌木，不怕風沙，耐熱能抗寒，仍伸展根鬚、
穿土入沙，兀自長成綠葉扶疏的大樹，結子結果，福蔭路
人，這是我對他的聯想！環境不好或生活不如意，絕不阻
礙他的積極精神，喜歡他在文學路上送予人間美好的影響
力，吃青果得以健康成長之少年人，都喜歡他，難怪他曾
被封為「最受學生歡迎的作家」啊！

三、東瑞是甘當子孫及青少年的「孺子牛」。

大文豪魯迅曾自喻為牛，把「橫眉冷對千夫指，俯首
甘為孺子牛」詩句作為座右銘。很多偉人借牛寓志，都自
稱是「群眾的牛」，以表達個人為群眾的心意情操。牛年
裡，我們普通平民百姓，但願各級領頭人為民幹實事，
都關心民生疾苦，能發揚「孺子牛」精神，努力為民謀福
利，為群眾排憂解難。

而我們普通人家，家中一家之主，都會上行下效，向
楷模學習，以「甘為孺子牛」之領頭人為榜樣，勤勤懇懇
當家愛妻，做兒女的孺子牛。東瑞即是佼佼者了！

東瑞的人生經歷十分豐富，《幸運公事包》的散文，
僅以身示範，載滿愛及魄力！我很欣賞他對創作的熱愛，

及對文學不離不棄，堅定不移，又對家庭的用心經營，對妻、兒的用情、教育，皆非常真、深，難得！

瑞芬愛旅行，他便常和愛妻出遊，旅行。夫妻倆每年為事業拼搏努力，都很勞累，旅行使他倆把緊繃的生活弦線稍為放鬆，成為一種休息方式。讀東瑞〈籬笆小院〉、〈香港你好〉，看見他對本地的濃烈感情，對家人子女晶瑩的愛和情話；讀〈金門老家回不厭〉，體味他對家園鄉心的召喚，思想的馳騁，看到他對家國深厚的愛，文字動人富魅力。

東瑞個人是愛家愛妻良人、兒女的慈父，人生、事業有過起與跌、工作有過得與失；中年失業並未難倒他，與家人積極面對、患難扶持，活出逆境的正確自強心態。我細心閱讀他不同著作，體會他語言藝術的精髓，體悟他與友人、家人各樣美好的生活體驗和幸福感，其樂融融，深深共鳴！兩夫婦做甚麼都很有默契，東瑞對家人所付之心思，能屈能伸，常有美好的感覺直抵我心間。

他對家庭、子孫、健康、身心都操持有道，怡情悅性，堪足供我們借鏡。他在〈我的寫作生活〉一文中，詳述自己在家會做家務，拖地、購物、晾曬，摺疊衣物、運動、陪伴小孫女，樣樣都安排到位，嚴格自律，快樂享受。在〈小孫女四歲生日〉一篇，他寫他的小孫女「擁有最多的愛，堪稱為愛的大富翁」。「大富翁」這個用詞，放在集全家寵愛於一身的小娃兒身上，真覺俏皮貼切，他用語詼諧可親，完全道出他含飴弄孫之情唷！

他對過去、當前和未來，文字中有回味，執著和企

盼。東瑞是個「幼吾幼以及人之幼」的君子，他期望子、孫在快樂中成長，做未來社會的小主人，造福人民；他常勉青少年多讀好書，會和書結緣；這仁兄真是三牛上身！

大家想在牛年「牛」起來嗎？

不論是否文字工作者，是否想著書立說，想來都要學學東瑞了，學他的拓荒馳騁、敬業奉獻，學他的兢兢業業、謙虛不懈，更學他的踏實知足、顧家愛子！

在今年這個代表勤奮的中國牛年，且讓我從今日此刻開始，在心田上努力筆耕，決不忘要有好收穫，先問怎樣栽！栽種新我、奮發自勵，共勉！

孫觀琳
人生如歌，一路走來

　　有人用歌、用舞，或以戲劇、繪畫、音樂，訴說個人生命軌跡，而她，孫觀琳，卻選擇用文字細述她在人生旅程中的山河風景。

　　她的散文小說集《一路走來》，厚達二百七十二頁，內容豐潤飽滿，圖文並茂，反映孫觀琳對教育、家庭、做人處世的價值觀，擲地有聲。書內共收錄了六十多篇作品，娓娓道出其生活的歷練，感受紛陳如五味架，令人共鳴。

　　我很喜歡「一路走來」這四個字，似是回首前塵，雖是塵滿臉、鬢如霜，卻能把生活精華沉澱，無怨無悔把人生過程回顧，明白自己怎樣擇善固執，安於扛起為人女、人妻、人母、人師、人友等各種責任，堅定不移，邁步前行，走過一段又一段的里程，步伐既溫柔又篤定，她也就無悔一生了。我敬佩孫觀琳老師的堅持和執著，她一路走來，置身在不同的場域時光，常懷著愛心，赤誠和高潔，「似紅蓮在勁風中輕輕搖曳」，文如其人，流露出眷念著故土故人之情，體味著人生旅程中的離別思念、哀痛憂傷、懷念短暫的美好歡樂……作者的自序裡說：「人生的旅程決非康莊大道……喜、怒、哀、樂都已嘗到，但

願鹹、酸、苦、辣能拋在一旁，留下甜蜜來滋潤枯竭的心靈，讓思緒得以寧靜，讓智慧化作一盞明燈，照亮心房裡的暗角。」

孫觀琳女士著墨特濃的，是二〇一一年至二〇一四年這四年的心境，她懷念失去的兒子和家人，常睹物思人；多年後才稍能收拾、放下愁懷，完成這本書，令人感慨。

細讀《一路走來》，我們看到她在人生路上的酸甜苦辣鹹，可是走在苦逆的道路上，伴隨著風風雨雨，坎坎坷坷，所需的是勇敢與堅強，其間心事又豈是旁人能體會、三言兩語能道盡的呢？幸而時間雖使一些人事物消逝，但時間也能把舊有的、過去了的、消逝的變得更有價值，時間又能轉化成永恆的、更值得的珍貴記憶。

《一路走來》這書分六個章節，第一章「父母之愛」寫她的童年和父母。一般來說，童年題材很令人喜歡，因為童年是一生最活潑新鮮、最充滿可能的黃金時代，像她說的「插上幻想翅膀的金色童年」，那時應是最幸福無垢的時光，最富樂趣吧？但從她的〈童年二三事〉，我卻看到家教的影響力。

孫觀琳的童年並不快樂，她從舊居書馥齋的壁上，懸掛的父親訓誨，談到父親教她如何面對紛擾的人世。她父母生於狂飆的硝煙時代，土改時因家庭地主背景而身陷囹圄，其父只伴小觀琳度過童年，就鬱鬱不樂而終。〈童年二三事〉一文寫孫觀琳轉往馬道街小學讀三年級，班主任王鼎臣老師對著全班說：「這位新同學，我相信她的字一定寫得很漂亮。」

　　晚上，小觀琳就在父親的書桌接受人生的第一次挑戰。文中刻劃出小觀琳要寫好字的執著和父親的鼓勵，父親要小觀琳如何向把寫滿字的紙反轉面再寫，並珍惜紙張。在她的小學年代，這個練字的特定時候，她父親溫柔的教育法，磨練出她的「堅持」和「耐性」，使成長的困惑未致她迷失蓮花般的高潔品格。「今天看來，『讚美令人自重』確有道理。」這話她講出了家教的智慧。

　　第二章「手足之情」收錄了孫老師胞弟觀懋的多篇作品，從中知道孫老師和胞弟觀懋是這樣同氣連枝，俱是真性情中人，心似明月，富君子風骨，令人敬佩！

　　第三章「星辰文摘」最豐富，收錄了二十二篇佳作，寫個人生活雜事，最能反映出她對人生人情的思考和價值觀。〈夢幻的玫瑰園〉一篇寫某夜窗外豪雨如注。原與天來、古劍、國強攻竹戰的丈夫，突然情急召喚正讀書的她：「觀琳，快出來！又入水了。」文章從踏在滿地水中的一籌莫展，到投入救災，「體驗到華東水災般的苦洗」，原來又是那後面平台過窄的排水孔道，窮於應付暴雨，水不暢流之患，才任雨水「似猛獸般穿堂入室」。因面臨急驟水災而心慌，方寸大亂，全文寫得生動傳神，文學色彩濃鬱。

　　且讀她如何寫出狼狽情景這一段：

　　　　屋內早成澤國，天津地毯首當其衝，上面的巨龍渾身躺臥在淺水之中……水之患其實在七夕之夜已發生過一次了，為甚麼再次疏忽？……

> 福兮禍所伏，人豈可大意？……大家合力用垃
> 圾剷潑水，用大塊毛巾吸水，用海綿地拖汲水，
> 一桶、兩桶、無數桶……捲起褲管，赤著雙足，
> 燈影下的人影，穿梭來往，週末消閒化做緊張
> 勞碌……小小的排水孔四周，水急旋著，冒著珠
> 兒，像在沸騰。人心也在沸騰，一點睡意也沒有。

最終一波三折、充滿不安，集緊張幽默為一爐，令人讀來
手心捏出一把冷汗。太精彩了！彷彿我們也感受到水災的
沸騰！

　　另一篇題目是〈夢幻的玫瑰園〉，是由於她當初來看
屋，住客搬走，眼前殘舊破敗，她卻覺有個平台後園，可
以圓她心中那個「夢幻的玫瑰園」之夢想，決心改造它以排
遣寂寞。雖然在第八十四頁她寫道：「我之所以稱其為玫瑰
園，實則也是種調侃，這兒沒有沃土……只不過牆壁上砌
些有玫瑰花樣的磁磚……這兒的紅玫瑰雖不能散發花芳，
也免卻了花落凋謝之苦。」可見人生靜觀萬事，果然可有
不同視角觀點。在這輯文章，不論她寫生活、自家露台、
後園，獨自靜思、人事風景，小貓小狗、朋友來鴻，觀劇
看戲、讀書隨感，以至人生得失，莫不予人有所啟發，這
是繫於她的豁達大方，一顆平常心，一顆事事感恩的心，
滿紙真意的文字，自然呈現一種真情美意，感動讀者。

　　第四章「憶葦兒」收錄了作者自己、長子蘭孫對蘭葦
的懷念悼詞，以及蘭葦的十二篇作文。作者睹物思人，滿
紙是不能相信幼子人已離逝，情緒沉重，令人不忍卒讀。

如「憶葦兒」（第一百九十七頁）一篇，寫她回到石澳，追憶懷緬和兒子的閒悠時光：

> 葦兒走了以後，雖然常以吃、喝、玩、樂來麻醉自己，然而全不是味兒。有時，常志對我講：「現在才知道他在我心中多麼重要，他這一走，活得沒有意思了。」聽到他的哽咽聲，我的心也特別痛……眼淚早已不期然流出，再講講話，也是泣不成聲啊，我的眼淚為甚麼流也流不完呢？……老年喪子，痛不欲生。我活著，他活在我的心中。我似乎為自己找到了活著的理由。……每天進出他的房間，看見他留下的物件，戴著他的手錶，用著他的電話，一樁樁，一件件往事，長留心中。
>
> 兩年多了，每時每刻，難忘葦兒。每天清晨，我走進他的房間，上一柱香，……為他祝禱；入黑，點上香燭，為他驅散黑暗。
>
> （〈又到清明〉第二百零八頁）
>
> 這一路走來，少了葦兒的陪伴，心中常覺悲苦，相信此生都難以釋懷。

文中念念不忘兒子過去的情境，覺得失去兒子彷彿一切都失去了，內心空虛之至，悲從中來，令我感到她這喪子之痛太沉重了，讀著但覺一字一淚。這位喪子慈母如何釋懷？如何才能得以安慰啊？

　　人生如歌，人在不同的時期都有一首無法穿越的歌，曲終人散，也許因為葦兒的歌屬於上天的，故詞兒、音符排列不似常理，卻曾經是她最繁念的一首歌。但這是一首她無法穿越的歌，一聽就會情緒激動，心湖如潮起潮落，整個人又掉進回憶的大海，不能自拔，沒差點要崩潰了。這是因為那些音符常痛擊她心靈深處，葦兒的歌，大概永遠是個結不到痂的傷口啊！我深深地盼望她已屆入暮之年，自己應好好保重，不要被那首終曲再痛苦地牽絆了，要明白人生無常，要以微笑替代悲苦吧！

　　第五章是「同行者」。除了好伴侶藺常志，是她風雨路上的同行者之外，曾是學校朗誦教育倡導人的孫觀琳，還有很多好朋友。友誼如此美好，尤其難能可貴的，是那種「志同道合」的理想、可以互相信任和有默契的親密感，這些珍貴的友情是要經過時間的洗禮和沉澱才能得到的。這輯收錄了她和同行者最美好的交流和心聲。

　　第六章「小小說」收錄了九個短篇，題材繽紛，情文並茂。如〈爭執〉一篇篇幅很短，卻又極富警世味道。故事中兩夫妻不過因一兩句互不對耳的話語，就口角起來了。文中一段特別到位：

　　　　他喜歡的她，性情改變，心有不甘，語氣特別生硬、刺耳。

　　　　她最恨他說她老了，這明明是嫌棄，令她悻悻然。「從前，你是美少年，現在不也是個糟老頭嗎？你以為你是誰？」她反唇相譏。

「豈有此理！妳說話愈來愈尖酸、刻
薄。」……他橫眉怒目，像頭受傷後憤怒的獅子。
「你簡直是渾蛋！」她怒火中燒，一發不可收拾。
　　空氣中瀰漫著濃烈的火藥味，一觸即發。

　　看一場家庭風波是如此無端惹火的，「爭執」如何
平息呢？「同住難」，夫妻又如何？婚姻生涯最嚴峻的考
驗，是如果任何一方要表示自己的地位權柄（即使只在言
語上吧），任何一方都未必能經得起風浪。而這個短篇的
結局，卻令人莞爾，從中更獲得生活智慧！

　　女兒異常平靜地說：「這樣的爭執是不是有
些無聊呢？……我甜美的夢被你們打破了，真是
苦不堪言哪！」她故意把苦和甜兩字，拉長並加重
了語氣。……像是有一桶冷水當頭淋下，他倆都
如夢初醒……

　　品讀〈爭執〉，這超短篇以少勝多，精彩在它的內涵
和哲理，篇幅雖小，但可以以小見大，達到小而美、短而
精的境界。人物的塑造有血有肉，對話安排豐滿有個性，
寫來能突破常態，令人眼前一亮！
　　孫觀琳《一路走來》這書，字字珠璣，對人間溫情頌
揚；篇章充滿啟迪，帶引讀者思考名利、潮流、環保、社
會和個人價值觀；文字令人感動、惹人深思；確能帶給讀
者心靈和精神上豐富的收穫。

藺常志熱血報國
軍旅情懷

　　辛丑年，疫情下的春節不團拜，頗長時間未和孫觀琳老師及夫婿藺先生見面，心中惦念，趁放寬限聚可四人，明珠和我即約他倆在酒樓補拜年談心！

　　孫老師夫婿藺常志和藹可親，他常難忘往昔在母校華師學習的校園時光，學習雖很刻苦；但特別珍惜在華師認識了孫觀琳，後贏得美人歸，成了他的太太，收穫一段美麗的愛情，與青蔥的記憶。

　　能面對面和兩老飲茶談心，見他倆精神飽滿，滿面笑容，風采真好！藺先生談起往事，回想起年少志昂那段軍旅歲月，欣然拿出一幅襟章照給我們看：他精神矍鑠的佩戴上一枚紀念章，細看熠熠生輝刻著「人民志願軍抗美援朝七十周年」。

　　原來今年是中國人民志願軍抗美援朝七十周年紀念！藺生榮獲此紀念章，真是喜出望外，果然人逢喜事精神爽！這美事由一封承載著殷切期望的交辦信起，歷兩個多月，在北京，香港，瀏陽三地緊密聯繫努力下，八十八歲的藺老兵，終在今年春節戴上此章。我們感恩可飲茶聚會，欣賞這難能可貴的照片，聆聽了一段當年激勵人心、雄姿英發的軍旅故事……

　　藺先生感慨地侃侃而談：「我其實出生於一九三四年，軍報錯寫成一九三五，在懂事的時候日本侵華，每週在時事課上總是聽老師講，我們的軍隊打敗了、撤退了，心裡就壓抑著一股熱血。又讀到中國近代史，國家簽訂不平等條約，總是覺得自己的國家太弱小，要為祖國做些事情。」

　　回憶起那段年少志昂的青蔥歲月，一九五〇年朝鮮戰爭爆發，熱愛祖國的藺常志十六歲，懷著滿腔熱血，未及與父母辭別，即帶上幾件衣服，從香港回到廣州，懷著一顆赤子之心，便到江門踏上了解放軍參軍之路，出國作戰；後部隊改成志願軍，負責送兵士赴朝鮮戰場。那時他在華南幹部訓練大隊學習，一九五一年下半年被分到四十八軍十三師四百二十八團，一九五二年他們團乘火車在湖南，接到命令去洞庭湖邊參加荊江分洪水利建設工程。那段四年的軍旅生涯中，所學到的拼搏精神，能幹、肯幹、不計較的優良作風卻影響他之後的學習、工作。談起往事，他想起當時超負荷的勞動，一個軍工頂四個民工，民工挑著擔子起步走，和洪水賽跑，在短短三個月裡，他有了白頭髮；言談滿是經歷的感覺、愛國的情懷。

　　從瀏陽到香港，這枚紀念章，圓了老兵藺生厚重的家國情懷夢；和平日子，得來不易，願君記取。

詹國傑創立景行
書香旅程帶來啟示

最近在「路訊通」一連兩集，看到詹國傑在盧敏儀「書寶」節目中亮相，不禁對阿詹這老朋友，更加敬重和佩服！

小孩彈鋼琴、畫畫等的興趣都必須由小時候培養，閱讀嗜好當然也不例外！詹國傑認為「閱讀」是引發小孩源源不絕的智慧之精神動力，作為家長，與其把平板電腦給予小朋友，不如挑選數本優質圖書，讓他們建立健康的精神生活。兒童圖書最大的魅力，就是畫面豐富，色彩繽紛。就算小朋友未能了解書本意思，也可由圖畫開始探索屬於自己的小天地，滋養心靈。

阿詹這個圖書專家，是我們眼中的智者。他創立了書香滿溢的「景行出版天地」，一直遊走於出版和發行的專業道上，不遺餘力地向中小學校推介好書。阿詹和眾多的中、小學校的老師交朋友；在「閱讀推廣」的工作上他有經驗、有心得、有承擔；也有眼光、有真心、有魄力，有推廣故事書的技巧和策略，令人敬重。

詹國傑有個受大小孩子歡迎的好特質：就是談吐謙虛、胸襟廣闊。記得初識阿詹，早在八九十年代，我當時在中學圖書館工作，常和不同的學校交流「閱讀推廣」心

得，那時覺得和阿詹的志趣相投，也常向他請教好書資訊；大家都熱愛閱讀，彼此又童心未泯，特別投緣。他先加入兒協大家庭，我隨後也加入了兒協，後來還學他做了理事呢！

阿詹有一理想，為帶引孩子打開閱讀之門出一分力，他以滿腔的熱誠，創立「景行出版公司」，便開始向不同區域的學校推廣「閱讀」，有時會到校做書展，推介優質的「閱讀計劃」書單，希望與學校的家長分享親子共讀的樂趣和技巧。今日我拜訪景行，不論規模、格局、書種，相比以前真可謂強陣宏闊，是阿詹成功的最佳憑証！事實上他的成功，是來自他的熱心堅毅，勤奮打拼，憑血汗耐力捱過沙士年代，才換得今日成就！

現任「香港圖書文具業商會」會員的阿詹，曾面對人生難關。話說當時香港出現非典型肺炎疫症，染病人數不斷上升，迅速蔓延，香港政府雖推出多項緊急措施，疫情才開始受控。但疫症已造成香港飲食、零售、旅遊、出口貿易等行業的巨大經濟損失，圖書出版業在經濟不景下，二〇〇三年一、二月份銷售已走下坡，疫病襲來，市場人流劇減，百業均受打擊，香港經濟增長不但不能達到百分之三，甚至出現負增長，書市更雪上加霜！

因此，香港圖書文具業聯會遂在二〇〇三年五月七日（星期三）下午召開「香港圖書業如何面對今天的困境與未來方向研討會」，特別邀請香港出版、發行及零售書店業界舉足輕重的同業，約三十人為嘉賓，希望能與同業分享各人豐富經驗及見解，集眾人之智慧，共謀自救之道。

當日研討會由商會理事長沈本瑛先生主持，應邀出席之嘉賓有景行詹國傑先生、三聯趙斌先生、商務陳萬雄先生、牛津李慶生先生、天地陳松齡先生、新雅嚴吳嬋霞女士、陳超英小姐、世界朱素貞小姐等。詹國傑認為香港圖書出版業如何自救，有賴全行業共商對策，畢竟大家同坐一條船，要合力團結業界同業，才能重新定出新方向，找尋出得以迎接經濟復甦時之商機方法。幸好大家同心，最終捱過了困境。

詹國傑感到好故事給人無窮的力量，是教化青少年兒童的最佳精神糧食，一個「推廣閱讀」的任務會是一個很好的挑戰。故事繪本創作和出版的關係非常密切，每當閱讀上遇著好書，阿詹即著手出動，和一些台灣出版機構洽談，成功擔任書商的橋樑工作。他希望盡力把好書向社會各方面推廣，特別是精彩優美的繪本故事，是兒童最好的精神糧食，最能使兒童分享到當中的真，善，美信念和樂趣，更勇敢開心地生活。詹國傑鼓勵閱讀，認為要從小培育孩子閱讀的好習慣，閱讀可提升孩子的自信心、表達能力和領悟能力，並從閱讀的過程中，令他們學懂分析能力，更明白自己和他人的需要，也更懂了解別人。故他常到中小學圖書館做書展，去不同區域的學校推廣「優質閱讀」的訊息。他又能因應不同學校的特質和需要，作出不同的書單組合，便有助老師藉好書啟發出小朋友不同的、多元的智慧。在「推廣閱讀」的任務上的成功，有助鼓勵本地兒童少年建立良好的閱讀習慣和閱讀方法，又可給不同學校的爸媽參考親子共讀的技巧及心得。

　　孩子的精神生活在考試主導的功利社會，說易行難。透過好書帶來心靈教育的啟示，這趟「書香滿景行的好書旅程」真的很有意義。詹國傑創立書香滿溢的「景行出版天地」，反映出他個人對兒童的關心。詹國傑認為「閱讀」是使人們不斷自我增值的方法，使人生增添色彩！我很開心能跟詹親切交流，我覺得住在香港的孩子很幸福，他們的精神生活不應匱乏，透過結交好書這良友，則學習生活和夢想，心靈，亦會很有趣，很有意義啊。期盼我在兒協日後可與阿詹多合作，辦些有趣的故事閱讀推廣活動，讓更多大小朋友享受閱讀的樂趣呢！

備註：

景行出版有限公司 (Tel 26061919)
　　http://www.kinghornpress.com/

景行出版有限公司 A｜生活｜路訊電視｜RoadShow 路訊網
　　http://www.roadshow.hk/rs-tv/rstv-living/item/16417.
　　html　上集嘉賓：詹國傑　主持：盧敏儀　片長：04:00

景行出版有限公司 B｜生活｜路訊電視｜RoadShow 路訊網
　　http://www.roadshow.hk/rs-tv/rstv-living/item/16418.
　　html　下集嘉賓：詹國傑　主持：盧敏儀　片長：02:30

細說何達・文學時光——
往昔人事十五年

認識何達，時光倒流，記取多少年了？一九七九年，我二十歲，明珠十八歲，是啷噹青春年代的文學少女。

潘金英在何達書房。（潘明珠攝，一九八○年）

疫情宅家時光，正好翻箱執拾舊物。翻看何達與我們姊妹一起拍的舊照片、創作塗鴉稿、送給我們的筆記簿、新疆小帽，還有手寫給我們的牆紙信箋……翻開時間的記憶行囊，生活的吉光片羽一下子飄蕩腦海，往事一幕幕示現。多本舊時的朗誦節誦材，得孫觀琳老師薦稿，都有何達的詩，睹物思人，一些朗誦節的舊畫面難以忘懷：

> 我叫你給我一個名字
> 你說：風
> 立刻我好像聽到
> 風的呼嘯
> 捲起了雪
> 又從頭上砍下來
> 　　　（何達〈風〉詩第一、二節）

說起何達，就覺得風的存在。

說起何達，就覺得風在吹。這風，有時輕輕，有時強勁；這風，可以使人心曠神怡，有時，卻好比萬馬奔騰。這風，是詩，是何達的詩。

何達的〈風〉寫於一九四三年，還很年輕，即以一首〈風〉聲名震響詩壇，寫出了這樣令人詠唱不倦的名篇，令我拜服。他一九一五年出生於北京，中學就讀於一所教會學校，打下了不錯的英語基礎，後因其父病故，子承父業進入鐵路局。曾學木刻、世界語，偶爾在報刊發表作品；抗戰爆發後，他從武漢輾轉到桂林，遇到詩人艾青；後來考入西南聯合大學，赴昆明就讀，在校組織了「新詩社」，得到聞一多的支援，他是聞一多、朱自清的學生，是一九四〇年代「朗誦詩運動」的重要詩人，在中國現代詩壇佔有重要地位。

我與何達的文學情緣甚早，未見其人，先識其詩。文字因緣，早已相知。生活中，兩姊妹真正認識何達其人的

那一年，是初生之犢，上何達在中大校外課程的小說創作班。

時光倒流，記取多少年了？相遇於午後、黃昏，由讀小說到讀他的詩，由課後路上談，到和他吃飯聊天，由香港講電話，到書信往來於北京，由交稿到替他送稿，甚至郊遊、登堂入室、不覺是客，是亦師亦友，我們陪他看病、安排送院……一九七九至一九九四往昔人事十五年！

右角書架上有四幅相，是明珠所拍，送給何達後即用
相架放好，又細讀我們的字條！（潘金英提供）

我敬佩何達，實話實說，初接觸何達的詩，就覺得風在吹。這風，清新和暢，強勁有力，使人在大時代裡清醒；接觸何達的詩，就接觸到大時代的脈搏。

初接觸何達，完全不認識他的家人，見他像獨行俠孑然一身，目睹家壁全是書，增加了對作家的新看法，博學！這也是為何總覺得他的詩和文章，是很有份量的。當北京為他出書，我就大膽地把我對他的詩的淺評，寫成試

序，千里迢迢寄去北京求取用了。

何達的詩，充滿生命力，反映時代動向，反映群眾心聲。他對詩，有自己的見解：「詩，一方面是屬於你的。是你的創作，然而另一方面，詩又是屬於社會的。有些詩被社會所接受了，成為社會的一種需要。」

難怪朗誦節中，莘莘學子都喜歡朗誦他的詩，這一首你聽了沒有？

問大地，為甚麼怵然冒汗？
大地赧顏地回答說：因為春天要回來了，
而我仍是荒涼一片，樣貌醜陋難看！
問小鳥，為甚麼頻頻歌唱？
小鳥歡欣地回答說：因為春天要回來了，
我們要練好一闋新曲，讓她欣賞。
問高山，為甚麼在雲霧裡躲藏？
高山羞愧地回答說：因為春天要回來了，
我卻遲遲未縫好碧綠的新裝。
問野草，為甚麼得意地搖頭晃腦？
野草快慰地回答說：因為春天回來了，
而我已織成一張巨毯，
讓迷人的蝴蝶，跳迎春之舞。
青年，為甚麼頹然氣喪？
青年深深地嘆氣說：因為春天又回來了，
而我卻一事無成，空把一年寶貴的時光埋葬。

（何達〈問〉）

　　很喜歡何達的詩，深入淺出，予人正能量。與何達的詩相遇甚早，我讀過他在四五十年代寫的詩，〈無題〉、〈越南少女〉等，詩篇充滿他的激情，像是震撼人心的旗幟。

　　在五六十年代，中國大地起了天翻地覆的變化。何達的詩，常常描寫大時代，他那顆火熱的心，常常渴望著能像工廠一樣，建設自己的國家，創造大眾的幸福。何達的心，常關懷故里山水與我國民生，詩中自然流露出對人的真情，以詩歌唱，不覺得寫詩是件甚麼了不起的事。

　　或因此，在香港的四十多年寫作生涯中，他不固定用一個筆名寫詩。在六十年代，他在文藝刊物《文藝世紀》上發表詩作，用了十多個筆名，寫出好幾種完全不同風格的詩，結集為《洛美十友詩選》，一九六九年由香港上海書局出版，書內收錄了十一人的詩作，尚有寫代序的另一人，其實全都是洛美的化名，亦即何達。書末附有何達分別寫於四七和七五年的〈令人醉和令人醒的詩〉、〈學詩四十五年〉。這事尹肇池一九七五年編《中國新詩選》時也有提及，可見他不愧是創意奇特，才華十足，筆名特多的書寫形式，是他人所始料不及的哩。

　　原名何孝達的他，最初寫詩時用何達這個名字，七十年代又恢復用這個名字，主要作品多發表於《海洋文藝》月刊，詩愈寫愈波瀾壯闊，後由尹肇池（尹肇池，即溫健騮、古兆申（古蒼梧）和黃繼持三人）編了《何達詩選》，一九七六年十二月由香港文學與美術出版社出版。他創作的高峰狀態，在六、七十年代，重要的風格已形成。

　　踏入八十年代，何達年近七十，他的精神依然很旺

盛。他體能裡的熱,幾乎是一團難以理解的火。或為求更多出路,何達在一九八○年起整整近一年,受到國家不同大學的邀請,到國內旅行講學,他到處朗誦自己的詩,他愈走愈遠,一發不可收拾,千里迢迢的足跡,從福建到長沙,到武漢、廈門,到中國的心臟北京,到烏魯木齊和遙遠的新疆等,一去就離港十多個月,從一九八○年邊走邊寫邊朗誦,到一九八一年⋯⋯

我們替他送稿,到沒稿了,我們寫信催稿⋯⋯那年停不住的書信來往,幾乎每週一信!冬天,我們收到他的信和相片,知道他短衣短褲走進北京人民大會堂,驚動了國家領導人,問他是否沒有帶寒衣。在北京的春節,他為一萬聽眾朗誦他的〈長跑者之歌〉,得到滿堂的喝采聲。鄧穎超副委員長受了感動,要他抄一份送給她⋯⋯

何達終年穿著短袖襯衣和短西褲,北京的冰雪,冷不倒他。他說曾在美國愛荷華計劃期間,在美國的雪地裡,他還是短衣短褲的,不畏寒的事成了他的傳奇。

在聶華苓家裡,自左至右:何達、瘂弦、聶華苓、鄭愁予。

何達(左一)攝於美國愛荷華,很有紀念意義。(潘金英提供)

　　他旅行講學，到處獲得熱烈的掌聲，這是他受到重視的結果。何達的詩，表露炙人的愛國熱忱，在內容上表現出鄉土氣息和民族風格，有真摯感人的深情，文學的本土性非常強烈，骨子裡就是愛國精神。一九八〇年，北京人民出版社，要為何達出版詩集《長跑者之歌》。北京語言學院出版《中國文學家辭典》，以相當篇幅記錄何達生平，並對他的詩作出了高度的評介。

　　何達喜歡跑步，即使冬天仍是紅 T 恤白短褲，詩集《長跑者之歌》這書名，既指他身體力行的長跑，也指詩的長跑。那年，妹妹明珠和我，早已成為他的後學朋友了，收信欣悉北京出書這好消息，我即快速淺評了他的詩，寫成一篇〈試序〉，寄去仍在北京的他，給他刊用。

　　何達在書的〈後記〉說，一本書有自序、代序，好像還沒有試序，而他是個常以生命當作實驗品的人，今回不妨以這本選集實驗一下吧。這件有趣的事，一時傳為佳話。

　　猶憶記起他的快人快語形象，未忘那次大型的滬港兒童文學研討會，分組活動上，我參加了何達帶的詩組研討時，何達投入對詩的熱度，很親炙人。嚴吳嬋霞是這次滬港兒童文學研討會的組織召集人之一，當時我負責報導工作。這次何達是應我會之邀請，和上海及本地文友研習詩歌，謝謝他把具有民族風格的中國新詩，介紹給研習小組中與會朋友，又鼓勵大家為青少年多創作。更謝謝他為大家朗誦。何達的朗誦，抓住了我們的情緒，撼動了在座每個人的心，都跟著他的詩波動：

做每一件事情
都給它一個
快樂的思想
就像把
一盞盞的燈　　點亮
在砍柴的時候
想的是火的誕生
在鋤草的時候
想的是豐收在望
與你同行
想著我們有共同的理想
與你分手
想著我們會師時的狂歡
　　　（何達〈快樂的思想〉，原載自《長跑者之歌》
　　北京人民文學出版社，一九八〇年）

　　這或因何達的生命，充滿了詩；詩就是他。何達的詩，寫得好，多篇入選誦材，題材正面，他的詩有聲音顏色，可以高唱歌詠，有時寥寥幾句，就勾出生動意念及經典畫面，是那樣雋永，令人聯想遠遠超過所讀的文字，相信美好和熱愛生活。

　　與何達的文緣結得不淺，但不敢信他獨居。曾聽朋友說太太也是名作家，客觀的說，我們心想夫唱婦隨豈不好？為何同一屋舍下各自左右？他慣了獨居的寂寞嗎？孤

獨格外清靜，寫作會更順心嗎？

　　何達是個熱愛生活的歌者，他有一顆細膩易感的赤子心，敏銳觀察力和對低層人物的悲天憫人，以及悠遠的聯想和對詩歌的熱情。即使挫敗也會感恩生活，他婚姻未如意，是膝下沒女兒的孤獨人，要數十年如一日堅持著，對著書牆，沒完沒了地寫，形單孤影，但禿筆仍揮灑成妙筆；他的詩具通感，如打開一扇大視窗，讓我們走進他生活的憂患和美好，情景變幻，廣闊而鮮明。只要我們解讀他的詩，就可明白詩人對家國的熱愛，信任及豪情，他的短詩節奏明快，聲韻鏗鏘，充滿色彩，筆桿下常為小人物特寫素描，唱出同情的心聲。他關懷追憶的人事很多，詩中有憂患意識，更多的是樂觀精神，開闊的心思和正能量。

　　他自一九四八年南下香港，成為專業寫作者，曾主編《伴侶》詩頁，在《文藝世紀》、《文匯報》、《新晚報》等發表大量詩作。這位生活的歌者，聲音的舞者，在六十年代曾應美國愛荷華大學之邀，參加「國際寫作計劃」，八十年代又應邀到各地演講。他是香港作家聯會的發起人之一，他在香港長期創作各類文字，寫了數千萬字，是香港當代活躍的詩人，也在香港的朗誦詩壇上有舉足輕重的地位。

何達是「親炙作家講座」講者。（潘金英提供）

　　一直健步不息的他，熱愛文學，一直是文學路上的長
跑者。他跑過高山，跑過平原，文學足印遍及大江南北；
他也跑過美國中西部的愛荷華河畔，跑過燈火輝煌的人民
大會堂。他的生命，恍如文學創作的道路，恍如一條奔流
不息的溪河，他的目的地是文學的大海！他是個偉大的詩
人，我們懷念他，對於他的藝術生命，他曾為香港和東南
亞開闢的新詩創作道路，他在香港多年來不倦地為雜誌評
改年青人的詩作，他為香港朗誦節樂於獻出時間與精力推

動詩歌……在為陶融書序寫：「在一大疊一大疊青年詩作面前，我感到興奮，我感到快慰，毫不吝嗇地獻出我衷心的讚美。我渴望把整個生命，化為一陣陣溫和而有力的強風，煽旺青年詩人們創作的火燄。」〈給愛詩的青年們（代序）〉

可惜，有誰人相知？珍惜？下筆憶往，感念何達一生沉醉於詩韻中，困處斗室，通宵不寐，是我想像之情境……

窗外似有金風，吹乾淚眼。他因不同俗流，社會家庭皆使他在晚年患病後，面對艱難之關坎，這或許是性格中所難免的吧！往昔文學少女，和他遇上，從神交到相交、深交的日子，邊走邊談文學，太陽下山了，仍興高采烈的……但每想及他回蟾宮老屋，和誰可談話？他一個人獨居，病了又可和誰談話？

醫生說他病入膏肓，腿保不住了。我和明珠安排，送了他入赤柱春坎角慈氏安養院。及後，每個月去探望他……多少次陪坐他床畔，但見窗外林間有鳥，叫聲令人錯覺身在山野；偏遠的夜裡，他會對著燈光發呆嗎？

　　　　他說，生活只是看窗。
　　　　看窗外有遙遠的地方，古老的記憶，
　　　　但所有的行人，都陌生不相識。
　　　　當我們走來，溫暖的陪伴是友愛；
　　　　只是美好的背影，在窗簾後離去，
　　　　視線就模糊了，他的，我們的！

　　我倆感到遺憾的，傷痛的，是何達不能阻止病和老。沒有高床暖窩，無安穩的寫作環境，只要仍有筆，仍可長跑，他就知足常樂。只是一切太難了，詩人腿須被切除，我倆驚覺這沉重打擊，讓長跑者失自由，必置他於無路可走，默默承受……一切太難接受，詩人難走不歸路，這是命，令人惆悵唏噓！今日倘若他女兒亦讀到此專輯，不知有否為離家後，不聞不問父親老病而有絲毫生悔愧疚之心呢？

　　他說過不怕死亡，寫過兩行詩：

> 此去一如歸故里，
> 長留溫暖在人間。

　　人死留名，何達往生，我們感到他的詩會留名後世。他南下香港，曾視香港為理想的燈塔。而當他留港生活後，便一直以自己對詩的熱情，對理想的信念，對青少年的提攜，發光發熱；使這燈塔光照人間。所以，何達放心走好，順風啊！

　　你的一生，是興高采烈的時候較多，這是我們知道的；你的詩和熱血，會長留溫暖在人世，你的長跑之卷，是好詩啊，我深信會一直代代傳延的！

懷抱思念・細說何紫

孩子王何紫。

　　感謝《香港作家》網路版執行主編張志豪先生，感謝香港作家聯會潘耀明會長，邀我提供對何紫先生及其作品之文章。光陰是如此令人渾然不覺！驀然間，香港作家聯會已跨越三十載，而何紫走了二十九年！

　　借張志豪主編話語：寒風已起，二〇二〇的深秋，窗裡窗外，讓我們細看心影、懷抱思念。

　　讓我們細說從前，看他胖嘟嘟的身影、火熱熱的丹心，懷抱對他深深的思念。

　　何紫先生把他一生獻給了他熱愛的兒童文學事業，受益的豈止是從事兒童文學的朋友？他造福了千千萬萬的少年兒童，迄今，他的兒童小說仍擁有廣大的讀者群，大家

可從他作品聊解告慰，不住的思念。

我認識何紫先生，是早在中小學年代。爸買的《華僑日報》，我投稿〈竹子的思念〉，他給我五顆星，恩師鼓勵並不淺。

那時何紫是我第一個點撥人，啟動我愛文學。

二○一六年重陽時節，何紫逝世二十五周年，明珠和我，都特別懷念何紫、何達，不期而約去秋祭兩位愛孩子的大作家⋯⋯

大詩人何達曾為兒童寫過不少故事和詩歌，明珠和我協助編輯，及交獲益出版的《喜愛兒童的果樹》，收錄了他十四首童詩及一些故事。他幻化為小魚、小鳥、小船長，用孩童的眼睛看大自然；作品中有一棵特別的果樹，兒童在它的護蔭之下，想像力得以暢任奔馳。

何紫和何達，兩位愛孩子的大作家，擁有童心和一支妙筆，能把小朋友身邊平平無奇的東西，變得新奇有趣，構思有趣的作品，把普通的事物用新的角度來寫，小讀者會從活潑吸引的故事情節中，走進他們美妙的想像天地啊！

也許兩位愛孩子的大作家，就是這棵神奇的果樹，不然怎樣把這多彩的童真世界呈現出來呢？

何紫的童年在戰火時代，戰爭結束後，八歲才入學，他本無心學業，甚至要留班，但卻對那些從被炸毀的學校的瓦礫堆中拾回來的圖書，很有興趣閱讀，樂在其中，自此一直與書為伴。

他在小學裡是超齡學生，故老師指派他一個重任，就

是在宿舍看顧年幼的同學。但小孩太活潑吵鬧了，他便想出藉講故事來維持秩序，把看過的故事講得眉飛色舞。後來他還加入自己構想的故事，他會以小朋友日常生活為題，小孩聽得歡喜，聽得入神，漸漸他成了「孩子王」，後來寫了許多故事，還出版成書，很多小讀者都愛讀他的書。

何紫追思會紀念專輯。

這個孩子王最愛玩，生活上即使面對戰爭、死亡、孤獨、窮困⋯⋯他仍一貫樂觀，他和窮孩子玩跳飛機、十字鎅豆腐、抽陀螺、彈荷蘭水蓋等遊戲。他樂天善良的性格令他廣結朋友，好友形容他是「快樂的叉燒包」，熱呼

呼，胖嘟嘟，大人小孩都愛親近他。他後來成立出版社，
志在出版優良童書，並鼓勵文壇新進，為他們出書，他凝
聚文友，結合力量推動兒童及青少年文學閱讀及創作，為
香港文學園地播下許多美好的種子，留下精彩的圖書寶
藏。

　　何達，文學的長跑者；「孩子王」何紫，在我們心中
是兒童文學的長跑者。

　　二〇一六年的十一月六日，在灣仔三聯書店會場，
有專題文化對談「今秋讀何紫：英明姐妹分享何紫的兒
童文學與童心」，那年，也是山邊出版社有限公司（前身
為山邊社）成立三十五周年，何紫就是山邊社創辦人，他
（一九三八－一九九一年）英年早逝，我和明珠以分享會
來紀念他，當天主講、細味他的兒童文學和對提拔推動文
學之情懷，也和到場文友對談、播珍貴片段；同場還有何
紫手稿展覽，展出是由何紫的女兒何紫薇策劃的，有些珍
貴資料如《陽光之家》合訂本，其中包括我有很多期之文
藝人專訪稿，是何紫叮囑我採訪的，如《紙上寶石》作者
梅創基、兒童電影導演、體藝創校校長張灼祥等……太多
了，似將未曾忘遺的記憶皮箱一一倒出來了！（後於同年
的十一月十三日我們受澳門圖協之邀，於澳門書香節主題
演講「何紫的兒童文學世界」）。

二〇一六年的十一月六日，作者與潘明珠拍攝於
灣仔三聯書店「今秋讀何紫」何紫紀念講座上。

　　回顧何紫的一生、緬懷他為香港兒童文學發展、推動，作出了重大的貢獻。他上世紀七十年代為《華僑日報》「兒童週刊」撰寫兒童小說；我雖因投稿神交相知，未曾見面。其後，他原本經營「兒童圖書公司」的；於一九八一年，創辦「山邊社」，取名自他在港島西區般咸道十七號的文具書店「山邊公司」。「山邊」因臨近山邊得名，英文名為「Sun Bean」，又有陽光之意，青蔥燦爛。山邊社專門出版兒童及青年讀物，得到阿濃、小思、張君默等一眾好友的支持，後陳耀南、黃維樑、陶然等名作家，把作品交於何紫出版。

　　一九八六年，何紫有感香港沒有供青少年閱讀的文學

雜誌,於是創辦《陽光之家》月刊,想以文學作為青少年閱讀的精神美食,實現他心中最光輝美好的理想。

《陽光之家》以青少年及家庭為對象,內容豐富健康,包括文藝、生活、人物專輯、專欄、攝影等等,亦設信箱解答讀者疑問,散文及小說專欄,報刊由阮海棠女士協助編輯,及我潘金英協助採訪,作為出版社和作者、讀者的橋樑。何紫對何達很敬重惋惜,為何達出《興高采烈的人生》,由阮海棠擔任編輯。

本會香港作家聯會的前身,名「香港作家聯誼會」,於一九八八年成立;何紫時任副會長,推動作家的交流和聯誼。自上世紀八十年代始,他的創作伴隨著本地的兒童成長,對香港的基礎教育有極深遠的影響。

一九九一年,何紫病逝。一九八一年創辦山邊社,一九九一年便病逝,短短十年間光輝建樹多。何紫的十年山邊社,致力推廣及出版校園、青少年及兒童讀物,何紫親自審稿、發排、設計至督印親力親為,工作量相當大!天道酬勤,他扶掖新晉作家,不少作者與山邊社結緣,如胡燕青、李洛霞、潘金英等供稿,短短十年間,平均每月出版新書四五種,竟出版書籍逾六百本!

何紫為人真摯樂觀,是以人緣極佳,他連結中港台文壇、籌辦文學活動,又鼓勵新秀作家,推廣本地兒童文學的創作及發展,不僅開拓本地兒童文學園地,同時鼓勵作家交流,一九八七年於上海舉行滬港兒童文學交流會等,曾邀請上海著名作家任溶溶、台灣兒童文學作家林良演講,推動兒童文學的發展。

作者與何紫（後排左一）及文友出席兒童故事比賽。

人的結緣，真的很奇妙，我和何紫，我與山邊社《陽光之家》的緣分，真的很奇妙！一條線般淺又長，少女時候我讀他的書，投作文稿給他；而誰又想到他的兒子小宗，竟是我們的粉絲？我們又是他的粉絲，何等奇妙！

他小兒子讀初中愛看《突破少年》某專欄，何紫好奇看，咦，潘金英寫的小說？然後，他記得這個名字；竹思、潘金英的筆名！不錯！她是誰？

何紫逕自電問《突破少年》編輯部，當時是楊碧瑤女士約稿的，我一直寫，後來結集由張志和先生（今日《城市文藝》的梅子編輯），出版了處女作《太空移民局》！

這是未完故事，何紫很欣賞，找了我們見面，一見如故，幫我們出版一本又一本：《香港無名獸》、《寶貝學生》、《沒有電視的晚上》、《雪中情》、《第一滴淚》、《魔

女管管》（此書入了好書龍虎榜十大好書之一），至今數一數，我們曾於何紫山邊社出版了十多部作品。

何紫樂於提攜新秀，他一開始就敢採用新人作品，胡燕青、李逆熵、吳嬋霞、潘金英等的不少初期著作，也是由山邊社出版，現今他們均成文壇砥柱。何紫在周蜜蜜兒童文學創作道路上給予有力的支持，她的第一本兒童長篇小說《兒童院的孩子》就是在何紫的支持下出版的。而我與山邊《陽光之家》之特約記者身份，一直保留，專訪一直不斷。例如曾訪陳耀南先生，或後因而識了港台導演，後來應電視台之邀，於男拔書院，拍了何紫特輯，在男拔書院美麗的草坪上，談多部何紫作品，至今仍記憶猶深，歷歷在目……

作者出版專書《童心永在——何紫與香港兒童文學》。

何紫的眼光獨特，鼓勵新秀，我是常投稿他編的《華僑日報》來練筆的；我們的寫作生涯，因得到何紫的讚許與鼓勵而開始，我曾為此打算自資出版，寫了一本《童心永在》以紀念他。他走了，我找來了沈立雄設計封面，也協助孫觀琳老師，一同編了哀悼追思特刊，讓大家來送他最後一程時，從特刊內之哀悼文字中，可窺見何紫為人為事，推動香港兒童及青少年文學的心志，並感受到何紫於兒童及青少年文學所作的各種貢獻！

創作伴隨兒童成長，何紫的創作，伴隨我們青少年成長。兒童時期的何紫經歷了戰爭、死亡、孤獨、窮困。他一九三八年生於澳門，而後隨母移居香港。我幼稚園於澳門就讀，跟何紫同樣，是隨後才跟著母親移居香港哩。我們似好多線牽在一起；何紫小時候生活艱苦但仍積極尋找樂趣，我們像他呀，小時候生活也艱苦，但仍會積極尋找樂趣哩。這些經歷成為了何紫日後創作《童年的我·少年的我》的素材，而我們成了他的少年讀者，從何紫的文字中認識他，並感受到他對人生的積極樂觀，而影響了我們擇善固執的做人及寫作態度。

有時我想，假如沒有何紫，香港的兒童及青少年文學，會是怎樣的局面？

何紫作品《美味的「醜東西」》。

　　世有伯樂，然後有千里馬。我們在寫作上擇善固執，追求寫出真、善、美、愛的好作品，用心寫出了中篇小說《暖暖歲月》，但何紫走了，山邊出版社也即拒絕了出版此書。說是死亡題材不好！不好？原因是死亡題材，不利學校市場。

　　後來，我們把《暖暖歲月》這本書，交給了一家新出版社，交給了東瑞先生。

　　好故事！我要找個好畫家，給你姐妹倆做個美麗的封面！

　　他有慧眼，一看即印，此書後印了很多版，受青少年喜愛，而且有學校把小說編成劇本，在舞台演出；後來更

出了凸字版供盲人閱讀，還翻譯有日文版！如果說何紫是
我們的伯樂，那麼，東瑞先生，絕對是我們另一位伯樂！

　　何紫自己很愛創作，他在離世前的一年間仍然晝夜
寫作，專欄從未脫稿，產量之多，即便在他逝世後仍有多
本書籍出版，對於何紫一生而言，雖是短短五十三年，但
他建樹極多，可以說是光輝一生；他的溫度，體現在行事
上——何紫敬重雲姨，敬重、珍惜老文友，他很敬重、惋
惜詩人何達，特為何達出版《興高采烈的人生》，這情誼
一直令何達深以為榮！何紫又疼惜新晉年輕寫作人，如果
說我為何對文化老一輩的人敬重，又特別愛惜喜寫作的
青少年，不辭勞苦為青少年編印書刊，一定是受何紫昔日
的使命行動、他對社會的人文關懷所影響！那些年、那些
事、那些情誼，沒有隨風逝，何紫的生命，就一直有這樣
的力量。

　　何紫一生創作的兒童小說、散文、兒歌，作品多達
三十多本，樸實美好，一直不斷鼓勵青少年，文字或許無
言，卻足以改變世界，予下一代深遠的祝福。二〇二〇年
今天，十一月二十二日，小雪；何紫，逝世了二十九年，
然而在我們心中，「孩子王」何紫，仍是那麼熱心、笑嘻
嘻地為孩子講故事。我們懷念他，就走進他筆下的想像天
地好了；我們愛他，就讓他同行，一直陪伴我們青少年，
共同跑在人生路上，活潑而自信地向前走吧！

　　　　　　　完稿於二〇二〇年十一月二十二日小雪

我的父親潘耀新：
一家九口的支柱

　　我們家有五兄弟姊妹，加上父母、祖父母共九口。小時候，一家三代同堂圍著吃飯，吱喳熱鬧得很，話講得最少的是爸爸。爸爸性格沉實，不愛把事掛嘴邊，但數十年來對家人的關懷都是默默無言地進行。

　　六十年代，香港暴動時，我只有幾歲，爸工作的建築地盤，常停工又不發薪。一家人開飯需拮据張羅。當時人浮於事，爸為了一家的生活，到毛衣廠工作。堂堂一個土木系的大學生、男子漢，卻要在織車間和女工一起編織毛衣，媽愁著臉替他委屈，但爸沒怨過一聲，笑謂何妨學一門新技藝傍身。過年前，他親手用機織了新衣給我們，說：「看機織出來的新花很漂亮！」

　　由於生活艱難，大哥自小便陪伴爺爺及大伯公遠在千里達謀生。有次媽媽交通意外受傷，掛念長子，爸把多年慳得的錢寄給親戚，請他買機票送大哥回港，我們才能團聚。大哥十一歲抵港，只懂英文，性格洋化，爸爸是唯一懂英文能與他溝通的人，一味愛他教他，循循善誘，堅信大哥會學曉中國文化。那時小孩沒甚麼玩具，但爸注重子女的健康成長及精神生活，總抽空帶我們看電影，印象深刻的有泰山、樊梨花、李後主、七俠五義等，當時看戲

是奢侈活動，但他認為值得，也的確令我們大開眼界。爸爸愛看書，最愛向我們講故事，水滸、三國、西遊、包公等，又教曉我們游泳、踏單車、玩乒乓，使我們的童年豐富快樂；他常鼓勵我們不怕困難、勇於挑戰自己。

爸對兒女的教育一視同仁。他鼓勵我們多讀書，說：「誰想讀上去就努力，我再辛苦也會供你們！」他認為知識是他給子女最好的財產，無人能掠奪。在爸爸的支持下，大哥已成為建築測量師，弟弟在美國完成經濟碩士課程，大妹在日本大學畢業，幺妹也中學畢業了。我師範畢業就隨即教書，雖也想進修，但有女兒負擔，猶豫不決。爸知我心意，安排小孫女罡宜由婆婆代為照顧，使我能在工餘兼讀文史學位圓夢。爸自己很渴望進修，使事業更有發展，可惜他事事以家人為重，忽略自己；總說：「家人幸福，子女有成，便心滿意足！」以前爸已有個小禿頭，媽取笑他是「毛澤東頭」。想來這都是他為家庭太勞累所致呀！

後來家裡生活好轉，大陸的親戚常來信募捐，爸發起籌款興建鄉村小學，讓鄉童都有書讀，他的關懷惠及鄉親老少，可謂早期自發的「希望工程」呢。

近年爺嫲年老多病，長期服藥，愛爺嫲的爸，侍奉雙親至孝，總是耐心照顧，正印証了「愛是恆久忍耐，又有恩慈」這句話。我們眼見爸悉心照料年過八十的祖父母，頭髮日見稀疏，但這個家現在四代同堂，實全賴爸這偉大的支柱，默默付出，全心關懷，不惜一切來維繫。

爸爸，我們衷心感激您的大恩大德！

註：

節錄自獲益出版《父親‧母親》一九九六年版。／香港電台錄製「文學的天空廣播朗誦」：張曼娟聲情演繹──父親：家的支柱

名作家東瑞讚賞：「文中父親沉毅堅忍的形象，使人聯想到大力士赫格力斯。為一家生活、子女學業，義無返顧，能伸能屈、心甘情願，且有份難得的樂觀。」

台灣作家張曼娟曾於香港電台「文學的天空」節目中深情朗讀〈一家九口的支柱〉此文，並說文中父親堅忍、偉大，為家庭仁至義盡，難得的無悔大愛，令人感動！

補註：
潘耀新（潘榮芬）
生平事略

一九三三（癸酉）年十一月初三日出生於中國廣東。

藉貫廣東開平，年輕時其父潘日芳遠洋工作，他與母親羅仲，及妻麥麗霞居於農村。

戰火年代，生活拮据，但潘耀新極好學，於婚後仍離鄉到廣州上大學，努力求學，惜在華南工學院（即現在的華南理工大學）畢業前，因潘耀新母親羅仲患急病須在港留院，萬般無奈唯有放下學業，赴港為母治病。

正值火紅年代，潘耀新因成績優異受華南工學院器重，受聘做助教，工作幫補求學開支。本住在廣州的妻兒子女，急到香港照顧病塌中的母親羅仲，而命運迫使潘耀新最終無法在華南工學院畢業。後來他本想在香港的珠海書院補回學位證書，但珠海要求潘耀新簽「難胞證明」。潘耀新拒絕珠海的要求，結果他雖有一身才學，但一直沒有認可的學歷證明，「成績優異狀」形同廢紙。潘耀新育有五名兒女：長子根濃、次子光榮、三個女兒金英、明珠及銀愛。於五十年代末輾轉遷往澳門，再移居香港，正值香港經濟不景，由於潘耀新沒有學歷證明，事業機會渺茫；兼當時人浮於事，他並無其他人同樣的機會，先後於

建築界地盤、毛衣廠等工作，為全家人生計扛起重擔。

後潘耀新的建築測量專業知識和識見經驗，終獲老闆郭得勝先生賞識，受聘於中環鴻發建築公司，其後加入新鴻基地產，直屬為郭先生工作，直至榮休，達三十年長。他一生忠誠勤奮，公司同事都尊稱潘耀新為「潘師傅」。他扶掖後進，不遺餘力；數獲新鴻基有限公司頒長期服務之「勞力士金錶」嘉許。為人顧家愛妻，正直儉樸，受子孫敬愛，育有七名子孫：長孫顯倫、曉蕾、盟兒；外孫罡宜、罡浩、加亮及倩怡。二〇一四年七月三十日與世長辭，哲人其萎，聞者惋惜。

我父結善緣、種善果，現了塵世緣，「此去逍遙歸故里，永留溫馨滿心間」，因他平生慈悲為人，今能修佛緣。善哉！

父親大恩如何報？「樹欲靜而風不息，子欲養而親不在」啊！我們和爸爸相處的每個片段，都是回憶裡最美最溫馨的圖景……啊！父親大愛，會如太陽般溫暖安撫我們；又如《獅子王》中小獅仰望星空，會在天際遠處，仰見父親的音容；我知道他永遠會引領我們，勇敢面對生活每一天。

二〇一四、八、七

敬獻天上的爸爸兩首小詩：

耀

相信花兒凋謝了　種子就會發芽
相信綠草枯萎了　春風再來就會現新彩
相信河流乾涸了　聲音會在大地深處回響
相信風吹雨打後　天虹就會誕生
我父雖是安睡了　他會守護家中每一個人
我相信他就是那旭日朝陽
耀眼溫馨每天照耀新的一天

（金英寫於二〇一四年一月八日）

爸爸的手（朗誦節誦材）

爸爸的手
又大又厚
把細小的我高高抱起

高高抱起又輕輕抓癢
把我從脊樑抓到脖頸
從手臂抓到腋窩

爸爸的手
像透了兩隻神仙棒
拂去我的煩憂

曾似十彩的色筆
爸爸那手指又靈又巧
在我心版插畫滿圖光彩

今天　我只能在夢中見
爸爸的手
卻握不著啊
像那夜空閃爍的星光

* 心田勤耕

　　願我像牛那樣，勤勤懇懇地在心田耕耘，
精神奕奕的、鍥而不捨的努力，不淺薄、不炫
耀，實事求是，以擇善固執之信念和幹勁，順
著心志做要做的事⋯⋯

創意寫作　開咪廣播

　　在疫情下限聚、停課、取消面授、關閉圖書館等，要讓青少年的生活與學習，跟閱讀、寫作串聯起來的好方法，就是透過聲音廣播以傳遞了。

　　「大家好，歡迎收聽社區廣播節目：創意寫作學滿FUN，體驗閱讀、寫作的樂趣……今日這集講寫詩，很開心邀請了女詩人燕青談創作心得……」廣播室內，隔離不了好學的心，青少年安坐家中，可透過大氣電波，聆聽明珠與我兩位主持，和燕青學寫詩。我倆戴著耳筒面對麥克風錄音，客串主持這個新節目，已沒有昔日初做「聽聽說說讀寫樂」廣播節目時之生澀，燕青稱我倆默契十足，眼睛邊看流程邊講話，表現沉穩。

　　自從數年前為港台製作了一個十三輯之「聽聽說說讀寫樂」節目，引起頗多讀者迴響後，好友德哥熱情邀我倆再合作，延續了一個又一個的文學夢：文學相對論、格林童話、歐州神話廣播劇等，期望為社會大眾增益。

　　今年一月再開咪主持這社區參予廣播計畫，寓教於樂；每集會邀請資深作家，教授寫作技巧，並設有解答聽眾疑問的「學神每事問」環節，富知識性，對學習寫作有實際效用。廣播節目製作團隊，要擁有能幹又有條不紊的人格特質，或許文學節目主播要求更高，因為要自行約訪不同作家，安排多個不同範疇、不同特色的問題，做節目

時安排現場、時間操控等，應對上要有八爪魚般的靈動本事，非一般聽眾所能想像。

我倆在廣播室大氣中，和不同作家讀書聊寫作，過程真有點進入往日時光的穿越感。能為社區團隊製作這輯新節目，既可體驗廣播工作不簡單，兼可成為聽眾與寫作讀書的一道彩虹橋，心情愉快。

今集嘉賓燕青和我談好詩，分享著自己最愛的詩集《我從你開始》，作者是澳門大學的姚風教授，他在書裡選刊了八十五個中外詩人的詩，並為每首詩每個詩人，都寫了詩歌的評述，很適合愛詩的寫作者閱讀。談詩自在放開，聊得開懷，話音量也漸漸高揚，揚起了爽朗活潑的笑聲。

寫作難嗎？似乎有趣好玩！「創意寫作學滿 FUN」的廣播對象，是青少年及普羅大眾。盼用聲音傳遞寫作技巧、分享作家心中的好書；盼藉廣播遇上愛寫作的你，借鏡空氣中結緣的好書，讓大家感受到寫作充滿好奇與驚喜！不管疫情，大家多寫作表達，互動增益，在讀寫大路上馳騁吧！

牛年展望　享受耕作

　　轉眼已是年廿七，牛年已經敲門了。

　　回顧二〇二〇，是特殊的一年，環觀一年疫情，本港以至全世界，局勢動盪不安，經濟備受打擊，令人憂心。世界各地大量人群不幸染上新冠肺炎，死者更不計其數，能不令人黯然神傷！疫災何時止？我們本地又爆出第四波，人人疲於應疫，社會不安寧，不無影響了人們迎牛年的心緒。

　　立春已過，看百花盛開，且換一下想法，想那遙遠的田野，春牛早已耕作吧。家和萬事興，有牛耕就有生機！

　　回望我家，弟妹小病偶爾有，大病沒來，身體尚安康。陪老媽子看醫生，無論是例行的體檢，還是輕微的耳鳴、腳痛、感冒，都可幸沒有太大礙。我兒子在外地工作，常有通電，疫情無阻天倫，女兒一家和我們都算住得近。有時女兒和女婿，同去探老媽子，女兒到外婆家餐聚，或隔不久就和外婆到酒樓飲茶，老媽子可和家人談心，總算安慰。

　　生活方面不寂寞，我以讀書寫作為享樂；通過文學，和我們結緣的文友，有的在港澳深圳大灣區，也有的在星馬、台灣、日韓，我們彼此有聯繫，可惜因鼠年疫情，以致錯過了某些相聚約會，令人遺憾，期待牛年再見，不會再錯失了！

　　近悅讀了樊發稼老師的〈牛〉：啊，牛！你艱辛地勞作，並不是為了索取優厚的報酬。對你來說，一簇青草，勝似筵席上的各種佳餚珍饈。當泥土的金浪在您身後騰躍，你彷彿是一艘長帆遠航的希望之舟。啊，牛！你以你的實際行動，給了我們以極其深刻、極其寶貴的啟迪——只有腳踏實地的耕作，當做自己的光榮職責和至高享受，才可能迎來真正的、並非虛假的豐收！

　　他寫得太對了，回顧我的創作，我希望只問耕耘，不看重收穫。我希望自己能像一頭壯碩的牛，在電腦前踏實地勤耕，埋首敲鍵多寫作，勿論寫了多少篇，最重要的是寫得用心，把真善美愛傳達到讀者心裡，讓正能量發熱發光。

　　我也希望能像魯迅所言：俯首甘為孺子牛。讓我也能為家人、孩子和讀者們拼搏不停，愈戰愈勇，精益求精。願我像牛那樣，勤勤懇懇地在心田耕耘，精神奕奕的、鍥而不捨的努力，不淺薄、不炫耀，實事求是，以擇善固執之信念和幹勁，順著心志做要做的事，讓每個大小讀者也更滿意我的作品。在牛年的新日子，決不忘要有好收穫，先問怎樣栽，就先栽種新的我吧！

小詩人的詩情畫意

遠看像塊磚頭，近看像塊馬拉糕。

有人對你避之則吉，我卻偏偏為你鍾情。

我愛你，愛你的硬繃繃、

愛你的金燦燦、愛你的臭薰薰

愛你在油鍋裡　活潑可愛的舞姿。

世間美食千萬種，你的臭名早遠播，

臭豆腐啊臭豆腐，我卻偏偏　挑選你；

偏偏喜歡你一個，獨沽一味愛吃你。

　　　　——羅鎮聲：〈給臭豆腐的告白〉

　　小學生擁有敏感的心、無窮想像力、創作詩歌的感官是豐富的、思維是跳躍的。讀孩子的詩，令我覺得孩子天生都是小詩人，常有天馬行空想法，文字表達叫人意想不到。

　　所謂創意，就是生活。創意源自生活，小學生童心創意飛揚，某校以詩情畫意寫新詩為課外活動，詩作有趣、有童真，能反映生活；在特定主題下，小詩人展現不同的天真想法，字裡行間可感受到孩子心眼看的事物，滿載詩意和美好，不乏幽默感、創作力。我認為「輸入」很重要，課前先給予學生以名家不同好詩，著學生欣賞；然後安排即時朗讀，賞析；指出好詩好在哪裡，作法秘技是甚

麼，再為孩子舉例如何借鏡學習，引導小學生創作，沒有限制字數、句式的框架，容許小學生自行靈活創作。小朋友不用知道甚麼是借喻、排比、對偶等修辭手法，透過閱讀、朗讀名家好詩，不自覺發現了文字的魔力，加上一邊繪畫，更幫助了自己跳出框框來表達靈感，技法漸已隱藏在寫詩之中，有所「輸出」了。

　　我提倡詩教，孩子寫詩的好處，是甚麼也可以寫；任由小學生挑選喜歡的題材，不當功課，便覺有趣。在詩情畫意班上，寫詩，是堂課，雖說詩屬文學層次較高的文體，但小學生反而沒有這束縛，雖有限時，對學生來說反而沒有壓力。小詩人邊畫邊寫，靈活創作，學生沒太多規範，會敢於表達；他們所交的詩作，作為導師的我，總會仔細欣賞，就算大人眼中但覺無聊的小事，小學生童心視角，想出來也常令人覺得貼切、驚喜！

　　每當我發現哪些詩作創意飛揚，我即時會朗讀，並指出較好之詩句，為全班點撥互動，要他們思考怎樣改善，他們可即時開竅，領悟更多呢！小學生往往因為靈感不斷，不想下課呢！他們會自己更加努力，想潘老師下次選讀自己的詩作！孩子的心思是那麼靈活，不像大人往往受限於現實狀況；讀孩子寫的詩，常令人會心微笑！

禍福變動　讀史啟悟

　　生活中許多事情複雜，禍福常變動，好壞俱有，壞事如何能變好事？

　　所謂「禍兮福所倚，福兮禍所伏」。事情好與壞難料，常出現逆轉、變動，讀《淮南子》「塞翁失馬」的成語，就悟到禍福同門，好事不一定全好，壞事不一定全壞，也能變成好事！雖受到一時損失，也許反而因此能得到好處。

　　疫情宅家，無法過以前般自由出入之生活；疫情學習，無法像以前般自由面授及群體討論，但多了個人空間，宅家留下讀書時光，沉思內省，寫作增值；更能親親家人，強身健心。

　　我們要正視壞事（疫情），正確對待——重視抗疫，從中吸取經驗、教訓；要用艱苦奮鬥精神實幹，戰勝壞事所帶來的困境、難關，挽回壞事造成的損失。

　　疫情持續嚴峻，在疫情下限聚、遊樂場所、公共圖書館等仍關閉；莘莘學子要網上電子學習，要讓青少年戰勝疫情日常宅家這表面是壞事所帶來的困難；我推薦大家親親悅讀，寫作為樂，讓孩子在疫情中學習自主，燃亮孩子對學習的熱誠和興趣，向更高的目標努力！

　　勵進教育中心同齡同心學歷史計劃，今年再為小學生舉辦「2021 閱讀悅寫學歷史，穿梭時空來創作」徵文賽，

旨在推動青少年加深對中國歷史的興趣及認知，鼓勵小學生熱衷了解、學習中國歷史，培養他們通過閱讀自主學習，提升寫作能力。

徵文賽期盼青少年多讀中國歷史書，可從閱讀成語中，學會一些中國歷史事件，例如火燒連環船，荊軻刺秦王，圖窮匕現，望梅止渴等，從而知道相關的歷史及人物如孔明、曹操等。青少年可通過讀史來自省、自我提問，代入中國歷史人物的領域，體現人物心情、經歷，下筆反思。藉著讀寫結合，樂於提筆，勾勒要點發揮，揮筆寫出自己的感悟，對人物之看法，電子投稿參賽，宅家創作從悅讀中得益，仍活出充實快樂的好時光。

在香港土生土長的青少年，平日較少接觸中國歷史，牛年舉行此徵文比賽，可鼓勵小學生多閱讀，多思考，多寫作，在對中國歷史人物的加多認知後，在寫作、悅讀旅程中穿梭時空，和古人心靈溝通，見賢思齊，潛移默化中以不少傑出人物的事蹟和品德情操作借鏡；成長後尋找自我價值，對社會有所貢獻，意義殊深，值得支持。

註：

詳情瀏覽香港教育城及香港中外文化推廣協會網站：
　　https//hkispc.blogspot.com

飛的願望　飛的本領

　　進入廿一世紀，我們老媽的第四代：大哥的小孫快三歲了。

　　年假裡，明珠和我陪老媽，為侄孫講飛的故事，說小飛豬，向男孩小東說：「我們豬類本來是有翅膀的，後來因為人類把我們關起來，只給我們東西吃，不讓我們工作，只管把我們養得肥肥白白，所以翅膀就退化了，不曉飛了。但是我一定要恢復祖先的光榮！」

　　小飛豬就向左右伸開牠的翅膀，撲撲地飛了起來，一面飛一面哈哈地大笑著，飛啊，飛啊，不一會就不見了。

　　侄孫超愛聽小飛豬，嚷著：「我想飛，飛！」

　　於是，我化身做隻大鵬鳥，讓小侄孫騎伏在我背面上，我伸張雙臂，仿雙翼翔飛，用急步高低盤旋式技術，進入飛上天空的情景；我馱著小小的孩兒，經歷了翼手翔飛、來回盤旋的辛累；一瞬間又像一架飛機，載著一個小不點在騰飛喔，明珠微笑的卡嚓一聲，拍攝了難得一飛的瞬間動態──想飛的願望，心想事成了？

　　其實，我也想飛！想起徐志摩的〈想飛〉：

　　　　啊！飛！要飛就得滿天飛，風攔不住雲擋不住的飛，一翅膀就跳過一座山頭，影子下來遮得陰二十畝稻田的飛……人們原來都是會飛的……

但大多數人是忘了飛的，有的翅膀上掉毛不長再也飛不起來，有的翅膀叫膠水給膠住了拉不開，有的羽毛叫人給修短了只會在地上跳，有的拿背上一對翅膀上當鋪去典錢使，過了期再也贖不回……真的，我們一過了做孩子的日子就掉了飛的本領。

是呀，人們一長大就掉了飛的本領！想像如果我有一雙翅膀，我真想飛到首都北京，飛到宏偉的國家大劇院裡看一場演出；我想飛到黃山看雲海，看奇松、怪石，領略日出日落之壯美。我想飛到天涯海角的三亞，在金黃的沙灘上奔跑，在波瀾壯闊的大海裡游泳。我想飛，飛遍神州大地，飛去見証中國科技突飛猛進的發展，人們美好幸福的小康生活……

我把故事說完：小東很佩服這隻小豬的志氣，心想，將來自己一定作一個飛機師，那時，即使沒有翅膀，也會飛了，而且比小飛豬飛得更高、更遠。

侄孫說：我也想做飛機師！

我願下一代有飛的志氣、信心，飛遍世界，看看天地；奮進少年是否立志，有造福世界的夢想？

我勉勵孩子要插上一對強勁的翅膀：知識和毅力；努力奮進，必真正可實現飛翔的心願了。

臉

　　每個人都有一張自己的臉，卻沒有誰能真正看清楚自己。即使攬鏡細照，果真能看個分明麼？

　　人的臉其實分別不大，誰都有一雙眼睛、兩道眉毛，一個鼻子、兩個耳朵，當然還有一個嘴巴。但我們看來都不一樣，大抵因為有人大眼睛，有人塌鼻子，各有各的差異吧。有人天生那麼漂亮，不過因為他們的臉有「恰到好處」的五官吧。為甚麼要羨慕他們的美臉呢？

　　每張臉寫著不同的故事，你留意麼？看一張黝黑的、閃著汗珠的中年人的臉，你幾乎立即知道他的職業、他的辛勤。看一張倦怠卻慈祥的婦人的臉，你會感受到她對兒女愛的光輝。老人的臉刻著深深的皺紋，和小孩那潤滑幼嫩的粉臉兒成強烈的對比，使你體察人生的歷程和變化。

　　一張臉，既可討人歡喜，也可以助人謀生。你看！那滑稽的小丑有一張多趣怪的臉啊！他瞇著一條縫兒的眼，弧彎的闊嘴巴，把兩頰塗得彩亮，捏著紅咚咚的大鼻子，不正是為了贏取觀眾的笑聲，去賺取所需要的麵包嗎？還有，別忘了一些花枝招展的女人，錯用了她們的美貌，賺取一些不知怎樣得來的金錢。大都市裡，這樣的人，不正多的是麼？

　　臉孔，一張簡單的臉孔，誰說不可以寫上真誠，同時更可以粉飾虛偽？曾經見過那麼一張纖弱、蒼白的臉，整

個生命因著獻身為人而堅強勇敢，她的臉就因眸子的閃爍而出色了，每記起就禁不住想起她生時的種種勞碌和捨己為人拯命，每一次都不禁感極而泫然。也曾見過許多虛偽的臉，那種臉想起也令人生厭欲嘔，真奇怪同而為人，臉的內容竟有天淵之別。

童年學泳　難忘記憶

　　童年似是一首有聲有色的歌，那一串串美好的記憶，繁花似錦，就像一個個跳躍的音符，組成美妙的樂章，一曲曲的常在我的心湖回蕩。我的童年往事不少，其中有一件事，令我難以忘懷，也令我有如驚弓之鳥呢！

　　我心中傾聽的這段樂章，既驚且喜，充滿動感，腦海翻出了小學時的難忘畫面來：貪新好奇的我，和八歲的妹妹，「撲通」一聲下，歡天喜地投入了另一個奇妙的世界，這裡涼涼的，是非常模糊的海藍色。我們在這水的世界裡手舞足蹈，好像小狗兒，有點亂撥亂跳起來。難忘的是要學習屏住呼吸，在我亂撥亂跳得有點兒累了的時候，一雙手把我從這個世界中撈了出來。

　　這雙手，就是阿爸的手。阿爸酷愛游泳，而我和妹妹，卻又完全不會游泳。我們經常央求媽媽帶我們到泳池裡學游泳，因阿爸返工沒空帶我們學泳，但媽媽總是沒答應，她說學費貴呀。

　　有一次阿爸放假，買了救生圈，對我們說：「你們到大海裡和別的哥哥姐姐們一起學游泳吧！」我們特別興奮呢！

　　那一天，阿爸帶了我們去荔枝角「海皮」（後來填海，變成現在的美孚了）去游泳，來到了這個露天水世界裡，這還是真正第一次整個身子泡在海水中游泳哩。妹妹和

我都套上泳圈，衝進海水裡去，水好涼啊！我在水面上漂蕩，異常開心！爸爸要我雙腳勿再踩著沙地面，學習慢慢地往前邁開步子，往水中愈深處去練習划手呢！我腳離地了，水愈來愈深，我扒著游泳圈，在水面上漂蕩，我愈來愈感著游泳的樂趣了！阿爸見我能帶著泳圈遊，就教我從游泳圈裡溜了出去，試下自己在水的世界裡，張開雙手準備撥水，兼學習蛙腳呢！

可是我從游泳圈裡溜了出去後，自己卻因腳已離地了，在深水裡只感到焦急和害怕；我竟然一不留神就不曉呼吸，眼冒金花，耳朵嗡嗡響，倒是不慎給一口若鹽的鹹水鑽進嘴裡，更流進喉嚨喝下了！唉，我沒有哭，才發現還有這麼多要學習才可游得好呢！

後來，阿爸常抽空帶我們去游泳，阿爸先教我和妹妹抱著蜷成一圈的身子學「冬菇浮」，學習又變得很有趣了！我雙腳夠不著地身子抱蜷成一圈，向下快板地下墜，只覺自己又輕飄飄地一個勁地往上浮起來呢！「我會浮水啦！」我歡呼，心幾乎要爆開花！這次的感覺很棒，對學泳當下有信心了！阿爸笑說：「會浮水就不怕溺水了，好好學蛙手蛙腳，以後便會游蛙泳啦！」

當阿爸再帶我們去游泳時，我就迫不及待衝進水裡。海水既可愛又富挑戰，雖不時仍出現了飲鹹水、呼吸不配合泳姿的那一幕，但我們不再靠游泳圈了。我們覺得阿爸守在身邊，又溫暖、又安全。

金色的童年，美好的時光，永遠珍藏在我記憶之歌聲裡，我相信這是因父母之愛點亮了我的童年！

　　冰心說：「童年，是夢中的真，是真中的夢，是回憶時含淚的微笑。」

　　童年如歌，我相信交織其中的時光、情意，只有我們自己能品味。揮手告別童年時，我傷感但知足，盼望無負年少，我們可為成長的人生，用心高歌、彈奏美妙的樂章！

手機的聯想

手機在今天，已成為現代生活必不可少的一個重要的隨身寶，所謂「機不可失」。一機在手，可以用它辦公，用它炒股，用它聊天，用它劈劈啪啪地發短信，用它拍照，用它八卦⋯⋯總之，手機的功能可多了，嗨！沒有手機就慘了！

指尖輕掃、觸動，無聲滑過鍵盤，把所想寫出來，甚至聲控說出來；朋友間群聚在一起，透過智慧手機的「窩心」（Wapp）功能，二十四小時隨時隨地隨心，可以互相聊天，談談自己的所見所聞，釋放自己，吐露自己的心聲⋯⋯這就是這個社會的主潮流。你無法不驚嘆智能手機的魔幻魅力，以迅雷不及掩耳的速度，席捲了人們的心靈。

自從有了智能手機之後，人與人之間的面談交流就變得少了，人們也愈來愈沉默，也愈來愈冷漠。以前乘電梯、在公交車站等候車來、同行路上，還可以相互談天，現在人手一部智慧手機，用指尖滑動手機螢幕，在螢幕上敲打著身邊的趣事，明明是短短的距離，為何現在的感覺，竟是那麼的遙遠？

女兒、朋友、鄰居、親人，同樣感覺是彼此間已經有隔膜，被手機用一道線，掃射出、劃開了人際彼此之間的距離了，交心？似近還遠了⋯⋯

　　還記得以前嗎？當初接觸手機這玩意兒，那時的手機，恐怕真只是小巧的通訊工具吧！然而，手機的新品種愈來愈多，功能一日千里，人不出門可藉手機知天下事，無處不可達。不知道甚麼時候開始，人們已深深的迷陷於智能手機懷抱裡，這種「人機合一」的生活，讓人們一家大小似是無法自拔了。

　　每天走在路上，但見行人無論大人小孩，無非不是耳朵塞著耳機，手上劃著螢幕，目不轉睛地盯著。人啊，你們過馬路是嗎！你不知道眼睛不看路面時是很危險的嗎？啊，少看那幾分鐘，你們生活不會受影響吧？

　　回到學校後，同學們也是在玩著手機，連句「早安」的問候也懶得給呢，真的是印證了一句話：「最遠的距離，莫過於你在我身邊。」視而不見，卻自顧玩手機。在此情景下，給我聯想到詩人陶淵明，他在「採菊東籬下」的時候，會有手機鈴聲響起嗎？若有，不會「悠然見南山」了呢！我又想到李白，在他感嘆「低頭思故鄉」的時候，會有人打電話讓他回家去嗎？一定沒有吧！他才孤單單地「舉頭望明月」啊！前人有許許多多的經典詩作，而我們現在，卻生活在給所謂「一線通」的「智能手機」的狂飆年代，低頭一族再也沒有詩情雅興，去看風花雪月，去欣賞那些真實的大自然！遑論可創作出高雅的優秀詩作了。

　　我處身在此城裡的一所文憑試成績好的學校裡工作，學生應沒有哪一個是智商有問題的，可是總還有許許多多的同學面臨的，不是考好文憑試，而是如何在遊戲裡刷

新等級，哪裡有好吃的地方可以有學生優惠價。難道青少年，人手執一部智能手機，就不用腦了？失智慧了？非要渾渾噩噩的度過這熱血的青春期嗎？老師們天天苦口婆心的教導，要好好的讀書，考上好的大學，或者找一份好的工作……但同學們就是不以為然，仍天天抱著手機……呆呆的在網絡一起聊天，談心，說八卦是非……

　　現今年輕的一代，似全部轉向了玩手機的一群。師長輩看到這風氣，也無奈的搖了搖頭，回想以前家中的熱鬧場景，家人有說有笑，打打鬧鬧，可現在？時代已變，親情也在一部智慧手機中日益消磨而變得愈來愈淡。我曾在班級上做過這樣一個調查：誰能夠離開手機一天的請舉手，全班鴉雀無聲！

　　沒有一個人舉起手來，這並不是一個好笑的調查，而是一個值得深思的話題，為何我們離不開手機？難道是短短的一天也不行？

　　「老師！」突然有一個學生站起來，說：「莫道是一天，儘管是短短的一小時，我也不想手機離開我呀！」

　　我忍不住問他原因了，他理直氣壯地答我所問：「之前我們玩手機遊戲，QQ、玩QQ空間，現在我們玩微信、玩淘寶、玩App，玩自拍、偷拍……說不清玩不完……」

　　唉，手機症引發出人性的冷漠，即使同桌，也感覺到了人際彼此間的隔膜。以前，普通手機對人而言，或可有可無，未至於離不開手機。可是現在，手機太厲害、太本事了，對很多人而言，簡直視手機為至親至愛，簡直離不開手機了，網上有傳：

以前不離不棄是夫妻，現在不離不棄的是手機！一機在手，天長地久！機不在手，魂魄沒有！古人成語，早有玄機，「機不可失」！話中有洞見！

我真想對大家說：手機，不是一個通訊工具嗎？人啊人，你們豈能讓自己變成手機的奴隸？就像金錢，只是通行貨幣，豈能讓自己變成金錢的奴隸呢！

在這資訊化的時代，我們需要掌握訊息，發布通訊，而不是把自己變成交流工具！我不得不說，科技改變了時代，但在改變的同時，不能也讓人與人之間的親情、友情慢慢的消失呀！所以，請讓大家再拉近一點人與人的距離好麼？我呼籲大家勿忘卻最原始的溝通方式，可以面談鑒貌時，為甚麼還視之不見，低頭掃動手機呢？少用手機吧，多用嘴巴與肢體語言，來表達對身邊人的關愛吧！不要讓手機奪走我們的感官和心靈！未來，不可人情與科技並存嗎！

曾刊登《香港文學》二〇一六年十一月號

我和文學的知遇

我愛文學。

文學，是溫暖的；文學，讓我的生活有夢，讓我的人生有真、善、美、愛，讓我可以揮筆道出我底生活歷練，可以訴說出我的紛陳感受：酸、甜、苦、辣。

我愛文學，我和文學相知相遇，不離不棄。世上有人用歌、用舞，或以戲劇、繪畫、音樂，訴說個人的生命軌跡，而我，卻慣用文字。有謂「寫作即修行」，我藉文學，可細述自己對生活的所見所感思，描繪出我的生命旅程，無論風景，人情；更可反省做人處世的哲學，反思生命的價值觀。

我愛文學，我和文學的因緣，應從何細說？

我的寫作因緣，第一段要追溯到中二年代。我愛讀文學書，但由中二年級起，我才覺得自己喜歡作文，稍懂得作文。這純因為得到陳宗禹老師的鼓勵，激發起我對作文的興趣。他把我的寫作文章貼堂，又贈我以《老殘遊記》等名著，帶我跟陳語山老師學書法國畫，令我對中國文藝醉心。中四那年，我曾經因他的離職而滿懷傷感，心神不舍，這是初中生涯的大遺憾。我把過往每一篇寫出來的文章，都貼上在紀念冊上，在他離職前送到他手上以表心跡。「我確感受到你的潛質，你要有自信，創作對於你，其實很有助益！」陳宗禹老師的鼓勵，我成長後才真正明

白。我的作文未必真的寫得這麼好，但我性格多愁善感，作文確是舒緩我情緒的真正妙方，寫作對人的重要、助益，後得到証明！

我的第二段寫作因緣，正証明了老師說得對！要言之，第二段因緣，難忘首位女伯樂。我高中學時，也遇到了熱愛文學的許老師，常鼓勵我寫作投稿；又薦我任校報的編輯，令我對文學創作的興趣更濃，開始常以筆名竹思，在報刊上投稿，寫散文和新詩。由於我面對中五會考，壓力很大，不吐不快，和中四的妹妹明珠，不約而同敏感說起心事，俱覺生活有懷抱難展，彼此心靈深處很相通。我和明珠帶著愁緒滋味傾訴，後覺得「講出來」不如「寫下來」，就執起筆第一次合作，參加寫作比賽，合寫成首篇小說〈籠中鼠〉了。想不到〈籠中鼠〉竟僥倖贏了個突破「潮流徵文大賽」冠軍來，創作嶄露頭角。突破社長蘇恩佩女士的讚賞及鼓勵，宛如昨天，記憶猶新。她說：「你們寫的故事很細緻動人，也有意思。我將辦一本突破少年雜誌，以後就開筆寫少年小說專欄吧！好好鍛煉啊！」而我和文學的因緣，就從此展開了。

「天道酬勤」，我獲首獎後，更醉心創作，在寫作成長路上，點點滴滴的努力不懈，愈寫愈有感情。我是一個教師，初執教鞭時，在生活夾縫裡寫作。因緣際會，我們在《突破少年》寫的專欄日子久了，經年所集起來的小說愈多了，也基於此因緣，在這專欄內創作的少年小說，才有機會受昭明出版社的張志和（梅子）先生之邀約，結集成書，即成為我和明珠的第一本小說《太空移民局》。而

蘇恩佩女士，不正正是我們的女伯樂嗎？

我第三段的寫作因緣，要追溯到和何達老師的緣分。我曾在二十二歲暑期裡逢星期六到尖沙嘴康年大廈去，上中文大學持續進修學院的課，向何達老師學寫作。他主講的「小說創作初階」教年輕人創作小說，透過有系統的練筆，令自己掌握寫小說的竅門。他的課內容極有份量，包括：小說的元素／小說的技巧／人物塑造及人物關係／小說的題目及開頭／小說的「起承轉合」／從故事大綱到分章大綱／開場、伏線及首尾呼應／小說的高潮／小說結局的處理手法……我感到寫好小說，靠的是觀察力、想像力、創意、敏感度、組織力和獨立思考能力，很想練就一手好文筆。

而我在此寫作課前，早已拜讀過、朗誦過何達老師的詩了。我向何達老師學寫小說外，更想學寫詩呢！寫詩，可較撰寫小說更富難度啊！寫詩，字字珠璣；想像力固然要有，但感情，表達上更重要，必須自然流露。如何拿捏，卻非人人做得到！詩歌要感動人，真須先要感動自己。由於我愛詩，心中充滿求學的心，找機會要學。我這「初學者」，面對「大詩人」，可謂「初生之犢」，曾懷抱過人勇氣，毛遂自薦寫詩求教。那年，何達老師的新詩集趕著出版，出版社催他交「序文」了，未能應急。我交出我的第一習作，自己寫的「試序」。而亦師亦友的何達老師，竟點頭應許，完完整整不易一字地，把我所寫的「試序」刊印在他的新書《長跑者之歌》！這對我這個年輕的文學少女，有重要之鼓舞作用和不平常的深義，而我，再

放不開文學了。

我細讀他一本題為《洛美十友詩選》的詩集，覺得別具吸引力。後來，才知道洛美和十友的詩，都是何達老師一個人寫的，是他採用多個不同筆名，要處處寫出不同風格來，竟可以神奇地各有變化！「當你喜歡文字的時候，便會想寫優美的文字，試各種方法將文字的味道和內涵發揮出來！最重要是，你自己喜不喜歡寫作……」好一個作法了得、富心思的作家！這件事在我心中很重要，我自己喜歡寫作，我很珍惜有機會向大師學寫作，我全力以赴學，亦隨緣而安；常於課餘，送何達老師一同踏上歸家路程，邊走邊聊，腦海又浮現出小思老師筆下和學生邊走邊聊的畫面，就如小思老師的《路上談》那樣。我想，我和明珠在他眼中，是對寶貝學生，也是對文壇上的寶貝姊妹。跟他一起多年建立的師生交情，想來彌足珍貴。猶懷念某次他為我和明珠的故事書寫序言之文字，他話語中對我倆的比喻，令人津津樂道：

> 看看單車那車輪車輪恰好是一雙
> 在大路上筆直地奔馳
> 看看那雲天上的鳥兒羽翼恰好是一雙
> 在空中優美地飛翔……

接著，我感恩於第四段的寫作因緣，我要感激出版界上的兩位「孜寶伯樂」：就是何紫和東瑞。

緣於何紫兒子是《突破少年》的小讀者，常看我倆寫

的少年小說專欄，更向父親分享：「爸爸要看嗎？很好看呀！」何紫說他是看兒子的《突破少年》而認識到潘金英的哩。基於此因緣，自一九八七年我認識了何紫後，才會加入香港兒童文藝協會任理事，一直至今。後使我認識到黃慶雲、阿濃、倫文標、周兆祥、李樂詩、吳嬋霞、孫觀琳……體悟到真誠的友情親切溫馨，共同為香港兒童文學貢獻是多美好的事，想不到眨眼已投身文學三十年。也基於此因緣，何紫山邊社，為我出版了多部文學作品，包括《雪中情》、《沒有電視的晚上》、《濃淡之間》、《女巫與天使》、《香港無名獸》等，其中中篇小說《寶貝學生》更風靡一時，備受師生欣賞。

與此同時，自山邊社出版了《寶貝學生》後，因頗暢銷，先後再版，歷十三版次。《寶貝學生》不但使我和明珠成為中小學生熟悉的作家，也使我們和新辦的獲益出版社結下出版因緣。

那年我獲「新雅童話故事創作」冠軍，頒獎典禮上，正是由東瑞先生頒獎給我；其後，我們才會受東瑞先生創辦的獲益邀約出書，步進他公司旗下首批兒童文學作家隊伍中去，他很賞識我和明珠，出版了我們合寫的多種作品。其中《暖暖歲月》多次加印，備受好評；而且還出版了盲人用的凸字版，另譯有日文版。東瑞為我們的童書《四季摩天輪》評讚有加，他說：

　　認識潘金英、潘明珠很早，遠在八十年代何紫先生還健在時，我們因參與兒童文學創作和活

動經常見面。九十年代，我和瑞芬創辦獲益出版社，我們就約了金英、明珠姐妹倆出版了好幾本兒童文學集子，如《神奇牛仔褲》、《沒有文字的國度》、《寶貝合桃》、《買回來的美麗》、《暖暖歲月》等等，其中《暖暖歲月》獲得歡迎，多次再版。

金英、明珠活躍於香港和國際兒童文學領域，熱心創作於兒童文學，數十年如一日，為香港學界、兒童文學界所熟知，得獎無數，講座無數。在學校、香港公共圖書館、香港書展等等場合，經常見到她們的面影和身影。她們並不像一些只是偶爾創作兒童文學的人，當兼職那樣可有可無，而是傾情、全心地投入，對兒童文學充滿了火一樣的熱情……金英、明珠在創作給小讀者閱讀的故事時，常將「教育」、「趣味」、「思考」融合在一起，富有創意，這本《四季摩天輪》繼承和延續了效果多元化的優勢，再一次為小讀者書寫了「童話美食」……全書篇篇的童話好讀好看……那是因為故事有趣……慢慢欣賞，會發現一隻叫阿萬的小猴子穿梭在好多篇文章中，儼然成了一個小主角，許多曲折有趣的故事，都有他的演出。如果要我具體談論本書的共同特點，那至少有幾個大特點：教育性，趣味性……本書採用了童話的形式，人物、幽靈、各種不同的動植物在兩姐妹的操控和調動下紛紛出場，他們在作

者天馬行空的想像世界中說話、行動、做著奇奇
怪怪的事情、經歷不可思議的事情……如摩天輪
的不同按鈕可以製造大小不同的春夏秋冬變化的
效果；在《幸福年糕》中，通過小兔紅寶從尋找
「幸福年糕」到自己動手製作「幸福年糕」的有趣
經歷，告訴我們幸福其實掌握在自己手中，需要
自己創造。

如果說我們是幸福的寫作人，其實也正因緣際會，遇
到了助我們達成出書夢想的出版人吧！話到此，大家也就
完全明白了我們和東瑞伉儷，為何一直至今，我們交情不
淺，已成為文學路上的好朋友。絕對有相知及惺惺相惜之
友情。要不然，也不會帶動後來的因緣，東瑞還是因我和
明珠所介紹，在詩人何達晚年，為他出版了最後或也是唯
一的一部，不以筆名發表的兒童文學作品《喜愛兒童的果
樹》，序就是明珠所寫。文學因緣，從此結上不能解開了。

近十數年，《明報》和《星島日報》相繼設立校園版，
我和明珠就曾為之寫稿，如《格林姊妹創作坊》、《格林
姊妹童話》、《春雨故事／童話》等，主要為小讀者談詩文
作文法，以小品寓言為例，拉近師生之間的距離，推動少
年用文字表達心聲想法。如今，我一直學、一直寫，除了
定期要寫《拓思校園故事》及《時事童話》專欄外，也寫些
散文、新詩，我想寫下往事親歷、見聞隨感，記錄生活片
段；我想用文學書寫我的生活，串流出生活點滴的美好；
我還寫些書評，記錄我的閱書筆記及學習心得，盼不要輕

易虛擲韶光，盼從「晴耕雨讀」的平淡日子中，能持之以
恆創作，說不定可漸摸索走出自己未來的方向；盼能效法
其他作家，勉勵青少年要多讀書，多寫作；能為香港的兒
童青少年，分享寫作心得以迸發出他們寫作上的創意火
花；薪火傳遞，一起努力為生活帶來正能量及活力。

我愛文學，我愛讀書，尤喜愛以隨緣之心翻閱文學
書，體會藝術；以不期而遇而細細觀照，最大的愉悅，是
一方面貼近作家自己當下的心神，另一方面也是來自作家
予自己的感悟啟示，心領神會。

我愛文學，文學是一道彩虹橋，橋上我認識了許多來
自四方的文友，亦師亦友們的一句句點評，熱情的鼓舞話
語，來自何達、梅子、小思、何紫、雲姨、阿濃、東瑞、
周兆祥、張灼祥、孫觀琳、潘耀明、愛薇……令人激勵，
使我繼續寫下去，我的人生，能在寫作場域上遇上這許多
的貴人，真是幸福。「充實之謂美」，我每翻開每一本書，
當下作家的心，莫不在我自己的心中，相互觸動著靈魂的
核心，影響著生活的綿密思考。每一本書裡，展現的都似
是橫越地圖的一隅，這文學旅程中，作家和我自己當下結
了相知因緣，我能感受到有人間的溫度，多了一份對人
類、對生命的體察和啟悟。此後，我在，對文學是莫失莫
忘，會一直繼續我的文學之旅。

我愛文學，文學浸潤我的人生，創作抒發出我的情
懷，我和文學相知相遇，能有此因緣，遂擁有自己的精神
世界，生活過得更充實，人生更美更幸福。

讓想像力起飛： 談故事寫作

　　無論是文學創作，或是科學發明，都需要想像力與創造力。

　　想像力是創造的基礎，在故事寫作上，筆者嘗試透過以下的「故事寫作技法」讓同學開發自己的想像力，寫故事時，可以多些天馬行空的想像，進而啟發文學創造力。

　　「故事寫作」先要讓自己融入故事主角的情境，也可以站在別人的角度看事情，培養自己的同理心與學習處理問題的能力。

　　其次，「故事寫作」要讓故事主角的遭遇符合情境的內容，才不致離題；故事即便不完整，也要運用充分的想像，設計出結構完整的情節與結局。

　　近年頗流行科幻故事與科幻電影，有的以外星人造訪地球，有的以動物、昆蟲虛擬出新的想像世界，花樣百出，引人入勝。若你以科幻或夢幻為範圍，寫一篇充滿想像的故事，主題內容雖不作限制、惟須經合理的剪裁、組織。若選寫題材是有關「機器人」或「黑洞」的，可根據已有的生活經驗和知識，憑藉想像的翅膀，擺脫實際生活的束縛，構想出從未見過或根本沒有出現過的生活環境、遭遇，這種創造性的描寫，就富想像力及吸引力。

　　筆者以中國流傳的民間故事《桃花源記》為例，它之所以引起讀者的共鳴，除了桃花源所象徵的理想生活模式，是人們所嚮往的社會以外，作者所表現的手法，具有強烈的感染力，也是主要的因素。文章一開始，點出時間、地點、事件、人物身份，文章末了，又道出南陽劉子驥，是個晉代的隱士，如此首尾的緊密呼應，使得出於虛幻的浪漫想像，全無虛構的痕跡。結合了真假，虛實相生，作品增加了迷人的吸引力。

　　筆者又以外國童話故事中的《睡公主／睡美人》，近期改編成電影版的《黑魔后》為例，主角也逆轉了，不是睡公主；而是壞精靈。《睡公主》童話大家不會陌生，這個格林童話描述王子破解黑魔后的毒咒，令公主從沉睡中甦醒。但近期改編童話成電影版的《黑魔后》，壞精靈成了故事中的主人公！我鼓勵同學創作時參照此佳例任想像力激發，可以展開雙翅，無限馳騁於想像的國度之中。在表現手法上，要多作腦力激盪，並注意建立所想呈現的主題，既可以批判，也可以嬉笑怒罵的諷刺，不管科幻或夢幻的故事主題，不應只是憑空虛構情節，應該有高層次或多層次的寄託意義。讓想像與寄寓聯結，文章的魅力才會呈現出來。故同學可有與眾不同的想法。

　　《黑魔后》以全新角度加入創意，像追溯歷史般交代了黑魔后的童年，亦豐富了故事的內在含義。為了阻止這個在林中巧遇公主的王子去拯救公主，黑魔后以荊天棘地的魔法把城堡重重包圍，更以噴火巨龍阻擋王子去路。當大家覺得她是摧毀別人幸福的奸角時，誰會同情她？公

主曾黏著她叫她教母，並問她為甚麼沒有翅膀呢？公主後來明白了黑魔后以前原有對有力的大翅膀，她曾經是個善良沒機心的美少女，曾全天候全心意保護魔境王國。到底發生了甚麼事令她性格大變，變得如此歹毒，要向一個小女嬰狠下毒手？這正是改編出色及富創意之地方！黑魔后被自己信任及深愛的男人（國王）所出賣了，男人為了權力皇位，趁黑魔后睡著時把她身上原有的一雙大翅膀斬掉了，用巨鐵鍊永囚禁著，她再不能自由飛翔了。「難為人性正邪定分界」，黑魔后對國王女兒下毒手，其實源於怨恨，也是國王自己一手所作的孽。世上很多事都並不是「非黑即白」，人性複雜，對和錯，真與假，善與惡，正和邪，其實並非絕對，中間存在灰色地帶，因為人事各有前因，是非並不易判斷。國王指責她十惡不赦，但他又何嘗是個好人？乘人之危狠下毒手，他又何嘗罪責自疚？

《黑魔后》故事之成功，引人共鳴，正正是能較深入探討倫理道德之所繫，電影拍攝前先確定故事要表達的主旨或啟示是甚麼。除了黑魔后由壞變好，過程富人性之外，電影版的故事所刻劃的人性和翅膀的象徵（自主權力），愛與恨，取與捨的抉擇模式，都是人們所共有的態度，拍攝者發揮想像力，針對故事中的人物心路，安排合乎邏輯的情節與結局。

因此，創作故事的結局，可以有很多的可能性。同學在設計故事情節時，可將自己化身為故事中的人物，轉換自己的立場，從不同的角度看問題，以同理心設想故事主角處理事情的方法，學會如何體諒、尊重、關懷他人，並

可經由融入不同的故事情節與角色，藉由自己思考的過程，逐漸培養遭遇困難時，處理問題的能力。

故事寫作屬於文學創作，同學宜挑選適合自己興趣的故事題材，發揮創意放膽去寫，這是讓你喜愛寫作的第一步。寫作時，同學要用聚焦的方式，細膩的描寫主角的對話、動作或內心世界，把不完整的故事情節，鋪寫得脈絡清楚，首尾合理呼應，才可讓故事情節更加生動、更富創意。

最後，筆者希望大家「多讀多寫」，這也是中外作家談到創作時，勉勵大家的一句話。為甚麼寫作總是和閱讀連在一起、分不開的呢？讀，input 是一種輸入營養的過程；寫，output 是一種輸出／表達能力的過程，多讀多寫，可以將勤補拙，熟能生巧。筆者希望同學能藉著參予「故事寫作大賽」的過程，讓想像力盡情發揮，從而培養出具有同理心並富創造力的年青人。

散文的創作與賞析：
四十一屆青文文集
散文初小序

散文具有「形散」的特點，但「散」的外在形式裡，卻蘊含著一條明析的、貫穿全文的線索和脈絡。

在散文創作方面，作者應注意自己的寫作思路，要抓住兩條線：一是明線，可按場景、觀察點的轉移、事情的發展展開敘述；二是暗線，這是作者的感情線，蘊含著自己對人態度的變化、對事情的判斷；要在此基礎上整體感知，有助點出題旨及文章精髓。在創作取材方面，可以從日常生活中尋找題材，無論是自己的個人經歷，或閱讀中吸取他人的經歷，都是寫散文的好題材。

在散文創作方面，作者應注意語言的藝術技巧、良好的表達手法。表而不達，便不能讓讀者接收自己的訊息，若慣於使用一些惰性寫法，例如「美得不可方物」、「心情難而言喻」等，便缺乏表達力。

文學的藝術價值在於「呈現」，讓讀者「看見」，作者宜把所述人、事、場景具體想像及表達出來；手法多樣，可以「形象」、「音象」、「色象」、「動態」等，恰當地運用詞語，表達出最好、最貼切的意思。散文的語言應有一種特殊的美，它既像詩詞而凝煉、優美、含蓄；它又像口

語而自然流暢、濃淡皆備。我們創作時，要綜合而靈活運用句式、修辭的技巧，及抓住散文的重點句發揮。散文的重點句一般有三種，一是起始句，它往往出現在文章或段落的開頭緊扣主題；二是過渡句，多是場面變換、敘述角度變化的過渡；三是點明主旨句，它常出現在文章的末尾點明主旨。能把上述這些都把握好，一般能寫出富意蘊的、具可讀性的散文了，勉之！

咖啡情緣：
在紐約和好友小聚
半世情

　　人生有多少個二十年一聚？不用回答，誰都知道此不易！故近半個世紀的相聚，顯得多麼珍貴啊！我和妹妹明珠，都覺得在各種感情中，君子之交的友情，同為兒童文藝事業盡心的友情，可說是最純真、最沒有雜質的了；在我們的生命中，曾和 B 與 W，同心共力為兒童文學及藝術的事盡心創作及推廣，二十多年來，相知相惜，相互切磋策力為兒童文藝，這種珍貴的友緣，就是一生刻骨銘心的不了情誼。

　　我和妹妹明珠早年和 B 與 W 結緣，後各散西東；分別二十年了，今在紐約重逢，共遊同談，感觸良多。我和明珠晚上甫抵紐約，下榻在曼克頓親戚家；翌日一早，即驅車前往長島作訪「小熊貓教育中心」找 B 去，抵埗已下午了。明珠帶去多本繪本及遊藝戲劇書，是次非常期望探訪 B 開設了八年的「小熊貓教育中心」，曾提倡自助遊及浪跡世界、以天地為家的浪子作家 B，找到另一半後幸福的和妻子由香港移居到美國，夫妻同心，匯合力量策建他們的愛巢後，未忘把生命付予兒童同行，我們都為 B 感到欣慰。B 夫婦見我和明珠遠道而到，非常熱情興奮；當 B

收到好書禮物，更是笑得合不攏嘴。

「小熊貓教育中心」當然也就是他們的家，B 夫婦愛兒童、喜文學，有無比愛心，又有夢想，合力建立「小熊貓教育中心」，在孩子眼中既是好老師，也是好爸媽。中心牆壁上，滿佈著 B 夫婦為兒童壽星生日活動的相片，當中的兒童們手舞足蹈唱歌，手拖手跑圈，氣氛熱鬧，令人看了都感到非常溫馨。

我們說約了 W，特意先探他倆，再同行喝咖啡去。「W 結婚了，和繪本畫家買屋了！」閒話家常幾句，B 夫婦立刻安排了中心人手後，隨即駕車和我們去會新婚的 W 了。W 電聯約好了我們先見面喝咖啡，再去她新居留宿呢。

那天，W 電聯約去的，可不是紐約派的名咖啡店，而是當地人稱道的咖啡店。美國是世界第一的飲咖啡國家，也是國際最大的咖啡外銷售中心；星巴克咖啡多年前從美國來香港，如今香港人也喝慣了美國咖啡呢！在紐約，咖啡店可算多不勝數，大街小巷，此起彼落，隨處可見。

那天，W 電聯約好去的，是具歷史的、設計極具心思的見水準的舊咖啡店，寬敞雅緻，有些木紋理淨的咖啡枱與凳，有些座位還擺在門口街上，不須限定客人到咖啡店內坐哩。沒一會，W 也來了！

這個陽光和暖的下午，由於門口露天茶座喝咖啡的本地人多，座位已滿，我們還是坐在室內了；我們入內進去，但覺裡面的環境明亮，天花板燈設計簡約有心思特色，牆上的古老時鐘更是吸引，氣氛不錯，咖啡的選擇也

多，令人驚喜。這間咖啡餐廳的鋪面雖然看來平平無奇，沒想到內裡雅座頗有懷舊品味，架上更有專門講咖啡的書刊可供閱讀，又可見窗外樹木綠意，坐在這裡，享用咖啡、熱飲、冷飲及甜點，確也感覺到很寫意舒適。

六個人都點上不同的咖啡，在緩緩旋升起來的濃香中，閒靜地各泡自己歡喜的咖啡。不管是黑是白的咖啡，或新口味的「卡布奇諾」，呷一口就覺那留在口腔內的濃味，香滑而久久不散，這頓下午啡茶餐可吃得從容自在了！

「在港喝的咖啡，一比較，怎樣沒有在美國現場的咖啡，這樣的好味呢？」誰說不是呢？面對面溫馨相見，重聚暢談，倍加珍惜珍重；呷著咖啡，就覺蕩蕩悠悠的享受著「回到青春的過去」時光了，當然更見滋味好喝了。呷著咖啡，歷歷如繪的往昔畫面就恍如倒片似的，一段段舊事重拾我們的記憶，往昔難忘鏡頭，不得不浮現……曾經和何紫、陳淑安、素儀一起到過上海規模較大的文學研討會，曾經為《亂世童真》的電影籌款夜夜貼海報，曾經為出版《媽媽要我 100 分》的兒童詩歌比賽得獎集變成歡喜冤家，曾經為重新出版《何紫小說全集》的插圖而夜夜揮畫筆，為要插圖盡可能貼近香港六、七十年代兒童味道……曾經……

在這咖啡店的這次歡樂重聚，六個人圍坐在一張長方大枱，溫馨享受回憶當年生活的片段，享受閒適，探詢近況，盡興一邊吃著好糕餅，大家一邊互相關懷，珍惜當下。我們懷緬的何紫、陳淑安等都作古了，最年輕可愛的

W，也告別她的青蔥歲月，由少女快步向四字頭來了；年輕的少女時代，都在縈青繚白的雲南大理，這個古城記錄了她美好的創作時光，有著她和他清澈如一的追求，雖然W和男朋友告別了這個地方，還常魂牽夢縈。她總是微笑眯眯地談大理、雲南的寫生歲月，她丈夫A總是微笑深情地望著妻子，他倆是緣定大理的呀！

而談到B，大家都覺得B雖已過六十，仍精神奕奕，身段保持得很棒，氣息飽滿，俱讚B太懂得養生之道，相夫有功！大概是童心令人不老，歲月有情，大家都心理健康，美麗健康如故。老，並非如同一般人說的那樣可怕呀。

「在港喝的咖啡，一比較，怎樣沒有在美國現場的咖啡，這樣的好味呢？」不是嗎？至於好喝在哪裡，由我來說吧。咖啡專家說起咖啡來，頭頭是道，但我們覺得飲咖啡緣起緣滅，好在哪裡，總因另有一種緣由誘因吧！含深厚濃情，咖啡自然是心中最好喝了！這講法，聽起來合情合理吧。就我本人，對咖啡這種東西本不是情有獨鍾，但現在真的很喜歡W和B帶我們來的這家老咖啡館。一杯咖啡，陣陣濃香中，暢談我們都愛的電影、文藝、閱讀的事，怎麼能說不愛上喝咖啡呢？喜歡咖啡，總是離不開友誼和那很抒情的文化氛圍吧！於是呢，咖啡，這種提神又苦澀，又有苦澀後的濃香的飲品，就像我們的內心的情緒，精神靈魂的天地，於是我這就一下子愛上它了。

是的，這次重逢相聚，大家都很高興，可惜相聚的時光太短了，在一起談往事的時光永留心間，這天我們都有

點時光倒流的難忘感覺。看一看那個咖啡館的古老時鐘，知道又到了告別的時候。我們先告別那個咖啡館的時鐘，在時針的行走中，所有的一切，似都帶走；其實一直還在呢！

我知道，人與人之相逢，各有各自的方向；可能像茫茫宇宙中的不同軌跡的一顆顆小星星，或會記得，也或會忘掉。雖然如此，但無可置疑，在那友情的交會時，曾互放光芒，照亮彼此的心靈，相遇上，感受會有志同道合的相知幸福！

即使短暫相聚的記憶並不能保證永恆，即使你我只是天空裡的不同軌跡的一顆顆小星星，在茫茫宇宙中銀河的軌道上轉瞬間會消滅蹤影，未必見面，但不必訝異，也無須悵然若失。隨緣隨心，終有一天會再重遇也說不定的！這紐約咖啡情緣，是摯友送我們的，這是我們生命中美好的回憶，是我們友情的見證；我將永遠保存心中。

朋友啊，生命匆匆，也許若數十年後會再重遇，我必仍記得你的笑容，你的事，大家還會像當年的少女少男一樣，保有初心、擇善固執吧！在人生舞台上，還是會為小孩子的事而笑而努力創作吧！我想，你們也會如此吧！想起了「春有百花秋有月，夏有涼風冬有雪，若無閒事掛心頭，便是人間好時節」的詩來，心裡知道忽閃忽現的片段，日後可能隨時會在我心頭閃出靈光，激勵著我回想那份珍重的友情。

走出咖啡館，我們和 B 夫婦告別，緣不是完，是再上路呀！我們向那個當年的少女、今日成新少婦的新居出

發，再上路往她家留宿，再話當年，共策今時，大家都有共同追尋的創作夢呀！

曾刊於《香港文學》二〇一六年十月號

沒有手機的一天

手機在今天，已成為現代生活必不可少的一個重要的隨身寶，今天我沒有帶手機外出，因而有不一樣的經歷和體會。

「這次糟糕了。」我心想。的確，現代香港人，可以渡過一天、甚至乎半天沒有手提電話的生活嗎？手機對於大部份香港人來說，比起身邊的伴侶更加重要，這個說法一點也不誇張。指尖輕掃、觸動，無聲滑過鍵盤，把所想寫出來，甚至聲控說出來；朋友間群聚在一起，透過智慧手機的「窩心」（Wapp）功能，二十四小時隨時隨地隨心，可以互相聊天，談談自己的所見所聞，釋放自己，吐露自己的心聲⋯⋯這就是這個社會的主潮流。你無法不驚嘆智慧手機的魔幻魅力，以迅雷不及掩耳的速度，席捲了人們的心靈。

唉，勿嘆氣了，既然上天讓我今天沒有帶手提電話，我就索性體驗一天沒有手機的日子吧。手機的新品種愈來愈多，手機功能一日千里，人不出門可藉手機知天下事，無處不可達；人們已深深的迷陷於智慧手機懷抱裡，這種「人機合一」的生活，讓人們和手機已無法自拔了。

而我現在，卻沒有手機，不知道我能否習慣！今天生活，是在所謂「一線通」的「智慧手機」的狂飆年代，之前人們玩手機遊戲，QQ、玩 QQ 空間，現在人們玩微信、

玩淘寶、玩 App，玩自拍、偷拍……說不清玩不完……
唉，手機症引發出人際彼此間的隔膜，甚至冷漠！以前，
普通手機對人而言，或可有可無；未至於離不開手機；可
是現在，手機太屬害、太本事了，對很多人而言，簡直視
手機為至親至愛了。

本也算是低頭一族的我，今天沒有手機，乘搭地鐵時
再也沒有藉口去為手機低頭，不能慣性定律慣玩手機遊
戲，看影劇……真不知道我能否習慣！唯有左顧右盼，擔
天望地。我赫然發現，有九成的地鐵乘客人手一部智能手
機，只顧盯著手機，用指尖滑動手機螢幕，在螢幕上敲打
著身邊的趣事，或在看電視劇、或在玩遊戲，對身邊的人
和事漠不關心。人和人，坐在同一個車卡內──感覺卻是
彼此間極有隔膜。

更奇異有趣的是，在使用手機的人，居然沒有一個是
在通話的！大家要的，不過是一部傳呼機、一部遊戲機再
加一部電視機罷了。通話功能，根本可有可無。不是嗎？
上次有認識的人打電話給我，已是多前年老友告訴我誰又
死了，喪葬儀式等事呢。近年來，每次打來的，不是 3 字
為首、一接聽就自動截線的來電，就是陌生的貸款公司職
員問我要不要借三五十萬。其實，大家互不相識，甚至萍
水相逢，為何第一次電話溝通，你就這麼信任我，借大量
現金解我燃眉之急呢？這個具哲學意味的問題，我從來沒
有想通；以前我一聽到貸款公司致電，就截線！再者，今
天沒有帶手機，也不用聽這些奇怪電話了……

「很好，很好。塞翁失馬，焉知非福？」正當我沉醉

於沒有手機的安靜生活時，差點忘了下車。我約了朋友在新開辦的文學生活館會面。豈料我沒有帶手機，欠缺了自動導航，我由街頭走到街尾，由大街鑽到小巷，還是沒有找到文學生活館。「如果我有智慧手機，文學生活館的位置就如運珠掌上了。」

找了良久，最後我才想起問途人，全花力氣形容了文學生活館的外貌，總算找到文學生活館了。甫入到小店，我就呆掉了！

原來，我已經遲了半小時！

為何我離不開手機？難道是短短的一天也不行？原因之一是今天的我，已習慣用手機的時鐘，沒有戴手錶多年了。我忙於尋找生活館，卻忽略了時間，真的太大意了。又是沒有手機害的。我在生活館尋找朋友的蹤影，遍尋不獲，大蓋是朋友人去樓空？此時只好借文學生活館裡小職員的電話打給朋友。

果真諷刺。正當我最需要用手機打電話時，偏偏只能用上傳統的固網電話。

朋友接聽，怒氣衝衝：「原來文學生活館那裡有活動呀，人太多，我去了生活館旁的茶餐廳呀。我已給你發了訊息去你的手機，你沒有看到嗎？」

此時我氣急敗壞，快要瘋掉了。不過，我壓下了情緒，因為再遲一秒離開文學生活館，朋友就要久等多一秒。我快步步下樓梯，心想：若我攜帶手機，就不用白走一趟，更不需要走三十多級樓梯到文學生活館了。

現在遍尋開文學生活館後，卻遲到半小時，再白走一

趟，又趕往茶餐廳會朋友，一切都是沒有手機害的！

「我不得不說，科技改變了時代，但在改變的同時，不能也讓人的智慧慢慢的消失呀！所以，每一樣事情，總有好與壞的一邊。在這資訊化的時代，我們需要掌握訊息，卻不是把自己變成廢人呀！思想可以是不切實際、行動可以是很有意義。」朋友叫我勿怨聲載道，像賴帳於沒有手機害的！「啊，處身在此城裡的你日子不少了，沒手機看那地圖，你就不行？路在口邊問聲人呀，不會多用嘴巴與肢體語言來表達嗎？不要讓手機奪走你的感官和智能！啊，少看手機那一天，你生活真受到了這般大影響嗎？」

我反思：啊，人不能與科技並存嗎？難道手執一部智能手機，人就不用腦了？失智慧了？

不要單純地將任何事情二元切割為好或是不好，是我這次沒有手機的一天所得到的深刻體會。

入選誦材　善哉美事

　　一年一度的中小學朗誦節又快來臨，愛好朗誦的學生們正躍躍欲試。第七十二屆香港學校朗誦節（二○二○年）就「二○一九冠狀病毒病」之特別安排，第七十二屆朗誦節（中文朗誦）二○二○年十一月十六日至十二月十六日會舉行，老師們也為選擇誦材及誦前輔導而繁忙。

　　在一般人的心中，文章被選入香港朗誦節作入選誦材，都可說是一件值得肯定的美事。例如冰心、何達、劉半農、徐志摩、梁實秋、張秋生、張秀亞、三毛、謝武彰、尹世霖、陳淑安、韋婭等這些名作家之文學作品，就經常是入選誦材。冰心的〈紙船〉寫念親情、何達的〈風〉寫志氣情懷，寫得那麼好，難怪一直是受歡迎的誦材，歷久不衰啊。

　　江山代有人材出，後來，有不少新晉作家的詩文，寫得不錯的，也被選入作誦材。第七十二屆香港學校朗誦節快到，校際朗誦協會已辦了七十一年的朗誦節了，常從課文、文學書卷中，揀選佳作，再向作家和出版社徵求該作品作誦材，致函邀允於朗誦節採用，這是對作家及作品版權的尊重。作家所寫之詩、文，一旦能被入選作誦材，雖然是沒有任何報酬，但入選了就可給更多學生閱讀並朗誦了，是很高興的事啊。

　　有幸我的文學作品，有些入選了某課本的課文內，

也被入選了作誦材，那是很好的感覺。例如多年前，我的詩〈我的小屋〉入選了，我的散文〈故鄉〉、〈竹〉也入選了；近年的〈元宵湯丸〉也入選了。近幾年來，我的詩和散文，多篇都入選了：二〇一七第六十九屆校際朗誦節「粵語獨誦」選了我的詩〈最好的鞋〉，二〇一八第七十屆校際朗誦節「小五粵語獨誦」選了我的詩〈路的啟示〉，二〇一九第七十一屆香港學校朗誦節「詩詞獨誦男子組」選了我的詩〈當我們在一起〉、普通話組選了我的詩〈春陽春水〉。去年我駐校上創作班時，多個小學生開心地告訴我，恰巧她們朗誦我的詩文，都獲獎呢。這真是令我萬分驚喜，真是有緣啊。我和妹妹的文章，被香港教育局選入做課文的有：〈我的第一次〉、〈千里如面〉等；還有多篇短文〈西貢遊〉、〈尖沙嘴〉等做閱讀教材裡。只要我們寫文章認真，有一天正好合適某種教材，入選了課文或朗誦節誦材，那樣的話，有機會令自己的文學作品，能進入更多青少年的心裡，更加受眾人認識；如更能引起共鳴，豈不善哉美事！

趣談取名

可喜可賀！我大伯鄭氏近添了男孫兒，他兒子阿龍喜孜孜說，馬上就要為孩子取名字了。我好奇他會否旁徵博引，給小嬰兒取一個甚麼名字？還是求大伯幫這個忙？取個好名字？

不是說「不怕生壞命，最怕取壞名」麼？我很清楚，為嬰兒取名字這件事，是最要緊，也是最難的一件事情吧？

我夫家姓鄭，鄭成功？好名字須考慮已有祖輩猛將用了，名垂千古。我大伯曾為玉匠，他母親（我家婆）的名字是瓊（玉之一種），難怪他為自家女兒以「玉」取其名字了。可玉真是好名字，我喜歡玉，我感到及相信玉有靈性，善心人戴玉愈戴愈出翠。美玉有品貌，既嬌柔可愛，也堅貞剛強，玉難以摧折，配上甚麼姓、甚麼字，都好聽！對，不像姓賴、姓吳、姓賈、姓史等姓氏，配上甚麼名字，能不三思推敲，多加考慮嗎？回想起當年某港姐的名字，不就因錯配了其姓氏不好聽嗎？她姓吳，配上「美麗」名字！這還不如「吳光正」弱，做人怎可以「唔光明正大」！

大伯添孫兒，究竟配甚麼名字最好？我遐想無限，想嬰兒他爸名字阿龍，兒子是豬年生，哈，阿龍的兒子不就諧音「龍珠」麼？大伯父慈子孝，家風和美；相信新取名

字必含寄望心聲，我用洋溢著濃濃喜慶之氣的「龍珠」趣談，直賀祝福，祝小男孫快高長大，力強勝龍，幸福如珠。

疫境逆情　霍金精神

　　幸福不是必然的，疫境下誰臨逆情，怨天無用，轉換一個角度，隨遇而安，安慰自己是不幸中之大幸，也是特殊的福份吧。生活給了每個人不同的境遇，在這顛沛流離的人生中，有幸有不幸，人可以選擇歌唱，也可以選擇哭泣，但生命有限，我們不能放棄，那就要積極樂觀，有此永不放棄之精神，才能讓我們內心強大！疫情下讀《霍金傳》，令我尤深感悟，人生變數難測，誰都不知何時會遇上困境挫折，怎去面對？怎戰勝它？

　　我敬佩霍金，他任劍橋大學教授，有無數榮譽，卻失去了活動能力！悲痛他在風華正茂的二十一歲，竟患上肌肉萎縮症，一世都要在輪椅上過活。

　　這位科學巨匠，一生只能靠機器來表達所思所想，他能保有夢想嗎？除了在病床上嘆息，在輪椅上幻想死亡，霍金應該做甚麼？某夜的一場夢，為他照亮未來的道路，也讓他找到生命的意義，他決定要做更多有價值的事，不讓個人生命白白浪費，他開始研究宇宙，重拾自己的夢想……雖然命運的枷鎖一直牢牢扣在他身上，不久霍金因患上肺炎而要做穿氣管手術，徹底被剝奪了說話的能力，但他不放棄，拒絕認命！

　　你能想像嗎？他無法說話，只能在輪椅上度日，只有三根手指可以活動，他要繼續生活及追夢，是要多大的勇

氣和毅力！

　　人置身逆境，如何逆轉命運？當人人都怨嘆命運不公時，樂觀的霍金說的話，讓全世界為之震驚！「我的手指還能活動，我的大腦還能思維；我有終生追求的理想。」也許我們永難體會到霍金身體疾病的痛苦，卻必能感受他骨子裡的樂觀！永不服輸的霍金，即使遇到再多困難，也努力克服！多少人知道這科學家背後付出了幾多毅力？

　　輪椅上生活確讓他失去太多，但他不曾喪志消沉，而是對未來充滿希望！正因為已落低谷，才有信心作反彈的餘地。霍金身殘志不殘，從不自暴自棄，他說這世上還有他愛以及愛他的親友，他不放棄，他還有顆感恩的心。詩人惠特曼說：有陽光的地方，影必墜地。霍金的生命，有雨霧籠罩的陰影，但也有燦爛的陽光。每個人都會遇到或大或小的難關，有的也許咬牙就挺過了；但有的，就要你用霍金永不服輸的精神，長年累月才可望打退！疫情不正如此？人要堅持夢想、活在當下，為現在所擁有的一切感恩，自會有力量抗逆！

亦醫亦友　以刀結緣

「原來湯醫生寫了我！」D 在群組說：「他送了新書給我兩年了，今天才看到……」D 話中頗感歉意，原來他最近閱讀湯偉聰醫生所寫的書《以刀結緣》。

我向 D 借了這本書，看完了即明白湯醫生為何送書給 D 了——這是因他想藉文字向這英雄病人致敬。

《以刀結緣》內容豐富，一百八十七頁的散文分類描述他的行醫經驗，寫有關醫療頭及頸部、胸及腹部、腿部及創傷部位等的醫療案例及見聞，寫出了他在醫院耳聞目睹的種種，談工作、情感、也談生死感受。八十二篇章展現出湯醫生用刀的精湛，令人驚駭及大開眼界。讀者在他的字裡行間，似看到醫生那慧眼仁心，觀察著種種無明腫毒，而不受內在病菌紛亂的心、肝、脾、肺、腎、腸所干擾意志，醫者父母心，感知病者生死懸於一線的重任；又似看到醫生那躍動的思慮下，一雙鎮定的手刀下留神，篤志定位營救，撫平病者的不安、痛楚。平凡謙卑的湯醫生，在〈戰勝癌魔〉這一篇寫出 D 的頑強鬥志：

> 十年前朋友確診患上肝癌……有腫瘤擴散至他的脊骨，於是安排他做數碼導航刀立體定位放射治療……患者如能積極面對，好像我這位朋友，就算腫瘤已擴散至身體其他位置，也有機會

戰勝癌魔，所以我衷心向這位朋友致敬！

（節錄）

湯偉聰這本書，寫作材料以治療患癌病例佔大比例，可見証他的操刀、心思。生老病死是人生平常，也是人生難題；我們都曾經是病人，或多或少都會面對醫生。D 以病人身份，和湯醫生結緣；湯偉聰識英雄重英雄，對 D 這位朋友給予信心，以「亦醫亦友」身份，給予治療，湯醫生又用文字這另一柄刀，刻下一段醫生、病人結下的朋友緣，而這位他心目中的英雄病友，更一直樂觀面對癌疾，配合接受各種新法治療，令他佩服！

很多認識 D 的人，都佩服他是勇者不懼，昨天是，今天也是，明天誰敢說不是？D 曾說：「人生苦短，而痛苦是人生的本質。」十多廿年來，D 長期受盡病痛煎熬，已是被癌魔打不敗的大英雄，連年累月不放棄，與惡細胞勢不低頭；更力行不輟當生命熱線義工，D 鼓勵其他病友，力抗癌魔到底；如今他抑制住癌細胞沒有擴散，是不幸中大幸。

福有筱歸，亦醫亦友的湯醫生和心存仁愛的 D，皆大好人，盼給力他倆奮戰頑疾，堅定不移，明天定將更好！

得失變化　發人深省

　　快踏入年尾了，又要買新的年曆記事簿。每年一本，我既記事，也記人情金句。

　　翻看舊簿，重溫公仔校長的文章。他在內地與香港兩地住，於我而言亦師亦友，他所寫的感觸，喚起我各種美好回憶：

　　祝各位笑得自在，過得瀟灑！今日是二○二○年除夕前一天，回顧過去一年，除因疫情被困宅家外，便是一片空白，一切靜止不動，生命像沒有生氣，幸好二○二○年底前返回廣州，生活才有點生氣。住所附近變化多，珠江花園外的沙溪大道，由四車道擴闊至六車道……沿路向西行數分鐘，便到以前常光顧的西橋飯店，因疫情結業，但立即又由更多食客的道谷有機食府取代……大灣區各地頻頻建設，中國沒有浪費二○二○……

　　想起了這位富人情味的前校長，他人緣好，綽號「公仔」，受眾人敬愛，他提早退休後在大灣區置房，更把經驗和大夥分享，讓舊同事領會細節，促成現多友人在內地置房，延續友誼，愈久愈醇。

　　公仔校長名聲好，他身形矮小，卻胸襟廣闊志氣大，他平易近人有親和力，又幽默，以前教數學的他現善享人生，愛中國文化，熟悉大灣區，深信其眼光而追隨他置房者有增無減，現已形成舊同事朋友業主圈。他樂於向我們

介紹祖國醫療、交通的進步變化，又推介吃喝勝地，跟他出行，如沐春風！難怪人人像黏磁鐵般愛親近他。

校長退休後常往內地考察、學習，自嘲笑言已變身長者團導遊，皆因退休後他樂於帶同事、老友小遊廣州，多次逛博物館、文化園林，遊白雲山、濕地公園，觀賞燈光節等，令人難忘。

他說去年普遍人因疫情被困家中停擺，生活空白，這觀察真對！他點評廣州不虛度二〇二〇，香港還能趑趄不前嗎？盼香港少爭拗，多建設，真正反省改進！

校長常在微信抒懷，群友讀之多獲益，他的金句常啟悟人生，可激勵人心，令人振奮！因疫情緣故，他曾闊別廣州一年，回去便見各種新模樣，更把所見之海珠湖公園新貌，拍攝視頻上載微信來供大家觀賞，令人驚喜！

他說，生活總是這樣：你以為失去的，可能在來的路上，你以為擁有的，可能在去的路上，無所謂失和得，珍惜當下最寶貴，知足常樂者就最平安幸福！我感恩他句句暖言祝福，令人人心中有大我，圓滿喜樂，有正能量！

文化潤物掬色
饒館點撥創意

　　疫情放緩，我教小學生的創意寫作班也可以上課了，不須規定 ZOOM 了。同學戴上口罩，座位有間隔，即容許面授了，甚至帶同學們出遊寫作也可，只需要做足安全措施吧。

　　我們曾經是首個提出小學生文學散步的姊妹作家（之前在最初只有大學生及中學生，跟小思老師去），那是前年未有疫情之時。

　　去哪？去過港九新界不少地方，如沙田文博看金庸館，志蓮靜院看盆景石展，去過般咸道山邊社舊址一帶，還有香港大學及薄扶林華人墳場，去過九龍哪兒嗎？

　　讀舒巷城詩去鯉魚門，學寫山、水、石去西貢碼頭及火山探知館，還有──饒宗頤文化館。

　　文化館離美孚港鐵站走路，只要十分鐘，是喧囂擁擠的城市中，安靜平和的小塊綠洲，更是文化人聚頭會面的好地方。

　　早前從大陸及海外來香港參加文學研討，或教育論壇的作家、教授及老師們，就下塌於此處的旅館，各人對它的園林景致及古建築都印象深刻。近期中學生文學之星大賽，它的花季文學寫作活動，也在此舉行。青少年比試文

筆，聆聽詩人作家教寫作竅門，獲益良多。

國學大師饒宗頤一生到過很多地方旅行，他還撰寫了很多文化之旅的文章；我和明珠心想，帶領學生到饒宗頤館走走看看，正是難得的文學散步、文化之旅呢！

我自己已逛園遊過多次，但帶領十多個少年人同行旅行，目的求悠然探索文化景觀，為的是文學寫生創作，這還是第一次。

那時初春時節，我們一行共二十人，先來到饒宗頤的藝術展館，饒教授不但國學根底深厚，他的書法、畫功深厚，亦已自成一格，是詩、書、畫三為一體，可說出神入化，隨心所欲。館內所見，大幅饒公的墨寶非常注目，有君子氣度的蓮花，也有饒公最擅長畫的荷花。荷花的莖畫得筆直，荷枝畫得特別蒼勁有力。愛書畫篆刻的我，看得入神，但見學生們也很細心地看展品和說明，還拿出小本子寫下筆記；其中對於「薪火相傳」文化之旅的棋盤似特別好奇，都躍躍欲試玩呢！

其實，饒館是經歷史建築物的活化計劃，才得以修復的，其前身曾是清政府的海關分廠、華工屯舍、檢疫站、前荔枝角醫院等，已有百年歷史。此建築群的英式紅磚外牆得以保留，而各部份建築分為上、中、下三區。上區被活化為文化旅館・翠雅山房青年旅舍。中區六幢平房，則已改建成為不同展區及餐廳、茶室、藝術工房及文化講堂等，常有很豐富的文化活動、展覽會在此舉行。

記得詩人秀實曾邀我到此，因為他的新詩集《像貓一樣孤寂》在此發佈。我更喜遇大師兄楊興安、黃維樑博

士、潘國森前輩及木子等，文人雅士，共聚賞詩，心情諧暢，頗有昔日古人王羲之當年曲水流觴之氛圍，令人難忘。

現今饒館大樓之下區，已是最重要的核心地帶。一座座紅蠍色單層的磚屋，包括了饒宗頤文化館和藝術館，及建築物歷史館和保育館。紅磚古牆外面是一個庭園，翠蔭環抱，鳥語花香，有雅緻清澈的荷花池，水面映照藍天白雲，還有小蝴蝶在花間飛舞，圍庭盡頭處豎立了饒公的銅像，在陽光下閃爍生輝。

小學生們聽了我對饒公成就的簡述解說，都笑著站在銅像旁邊拍照，並比較自己和銅像的身高。我對他們說，這位個子小的饒公，才華和成就，是很偉大的啊！

從饒宗頤文化館的下區乘電梯而上，到達中區，那兒環境亦清幽雅致，恰巧有以「活字生香」為主題之漢字文化展覽，學生們一見到門前的大毛筆展板，都很感興趣，並表示這些見聞給他們很多寫作靈感。我們便登上二樓參觀。展品是有關漢字文化淵源、特色，都是以「漢字體式、變化萬端」為主題，因此確實是非一般的展覽，當然吸引青少年人。有學生特別喜愛挑戰「漢字小達人」的互動答問，考驗自己的粵語和普通話歇後語常識。其中正在舉行的「我情‧我心‧繫書寫」創意漢字書法展，展覽內容多是以電影金句為藍本，配合創意書法字體。還記得有這樣一組展品，書法家蘇士澍先生以「家有宀永遠無條件愛護你、保護你」回應家的存在，就是如此溫暖。同學看著賞心悅目的展品，目不暇給，流露出因好奇心和興趣，

未肯離去的神情。

之後，我們帶學生們一起來到茶藝館，讓他們繼續自由參觀及搜集文學寫作素材。當天正舉行「虎畫行」的書畫展，是以「虎」為主題之水墨國畫展，畫家酷愛繪畫老虎，馭虎有術，最擅長畫虎嘯，展出之「虎畫」不但生動，彩筆勾畫有力見意，呈現出「虎虎生威」之氣勢，令人感動及敬佩！故不少學生圍著畫家訪問求教。

而茶藝館陳列的中國茶杯、茶壺皆有中式古風的設計，優雅齊全，環境恬靜，書、畫、琴、棋的擺設，富有詩意和文人雅士氣色。陽光照進茶藝館的古風傢具，給人明淨愜意的感覺，在這裡靜賞「虎畫行」的書畫展，難怪精神能夠集中，當時學生們更難得遇上和畫家合照啊！

學生們都興奮得很，而取得畫家簽名的同學，更是雀躍萬分哩！四年級的傅香韻更隆重地告訴我，畫家還即席在她的筆記本上繪了她的肖像！她開心得寫了篇詳細的日記，我們把不同之文化遊作品：新詩、小故事、隨筆等，輯錄了在《小人兒作家夢一百篇》。

如今疫情放緩，正在上我創作班的同學們，讀到我們編的小學生作品集，見師生同遊之彩照，讀了各校小朋友遊歷見聞之詩文，都好想我們帶他們出遊哩。

是啊，不論春天、夏天，遊饒宗頤文化館可賞花之美，四周都是盛開的羊蹄甲花，宛如花海，紅磚建築更添古意盎然；還不時有攝影展，透過鏡頭拍下花兒與古建築的美，可堪細賞。

看來，何不趁此暑假，再來一趟饒館文學散步喲？

　　大小朋友，走走看看，讀讀書，寫寫詩，談談心，說說創作，無論是拍照、獵影，坐下邊喝茶，邊賞花，多寫意！這富本地特色之文化之旅，不是很好嗎？我們期待著⋯⋯

＊生命季

　　痛苦宛如我們心中埋藏的蛹，願意正視傷痛，心就舒坦了。……珍惜眼前人，掌握實真切的現在，自強不息，努力盡其在我，終有一天破蛹成蝶，生活，呈現耀眼的美麗！

疫情心影　日子如歌

晨光迷濛

　　早晨起來，先刷刷手機、看看新聞的疫情：本地、澳門、中國內地、英國、世界。昨日的數字已大大更新。難道魔鬼在玩甚麼數字魔法？疫情數字，牽動著我們每一個人脆弱的神經，在某些高危國家常在天天變化，瞬間高速膨脹，數字令人憂心！如今的疫情數字，意味著活生生的人命，會突然從溫熱漸變冰冷，從人間蒸發，一個數字，也就是意味著一個家庭突變破碎，一個團隊的好成員，突變掉隊離世啊！疫境下，家庭秩序和社會常態都被打亂，新冠肺炎病毒是大瘟疫，吞噬著人類無數的家庭，每人都希望彼此平安，任何一位染病，全家都要隔離，萬一發生不幸，探病、送別最後一程都被限制。新聞中常出現的、忽然而降的意外、消亡，對任何人而言，都十分痛苦；那些無日無之的受災數字、各地每次的死亡個案及感染人數，深深地帶給我們各種痛苦！

　　清晨新聞報數，二百多萬人被感染，近百萬人在全球疫情中染病離世，令人觸目驚心！頃刻間，天像突然塌了一角，英國數位暴升在天馬行空的想像之外──兒啊，你可要小心！在倫敦工作，那裡還安全嗎？疫情中晨光迷濛，每日每刻似大霧敝日，太陽幾時普照大地？真令人憂鬱……

苦中有樂

這次疫情來勢洶洶，慈雲山一帶成為重災區，慈雲山確診日增，觸目驚心，早成了愁雲山！元朗、屯門的很多座老人院，也被病毒侵蝕，倒下的老人與日俱增，難道我母親住的油麻地區的老人院，也成為逃不脫大瘟疫病毒的宿命？

較早時，我母親依然不怕，天天到大廈樓下唯一的酒樓嘆茶，不知道危險臨到頭上。直至看到電視新聞，知道她住這區某護老院，竟都有確診者送院了。她才害怕得躲在家，每天時刻看電視新聞，新冠肺炎最新情況之報告與分析。如確診者又增加了雙位數，傳播病毒快，即擔驚受怕不出門！常問何時方是零感染？可以出門了嗎？

疫情來襲前，我母親習慣了一早到附近小公園和街坊長者師奶們，打招呼聊天晨運；現在彼此進出只打個照面，都不會聊天了。她喜歡到樓下附近唯一的酒樓，因有廣闊交心之茶客，飲茶聚談，早場連中午場一併吃，他們或吃到差不多上午十二點。現酒樓執笠，她沒能飲茶聚談了，常不見交心之茶友影蹤，都若有所失哩。

香港人口老化，我母親已年過八十，抵抗力較弱，總是長期患些老毛病如腳痛、耳鳴等。她平日自己做些簡單肢體動作鍛練，每週有時去女青會游水，僅浸水耍樂，和長者泳客們談天，習慣了。可惜香港疫情始終不穩定、似會有第四波疫情突然殺到，都不能像以前如此幸福，泳池等一律大門緊閉，無所事事，一個悶字。母親說容易悶出

病，唉，日子難捱，心病才不易控制！

我盼母親勿憂心，要懂自我開解，方可調養身心少生病呢。除非不得已，或疫情緩和，才偶然到外面吃；每週一次或七八天，印傭到超市採購；每次出門，都買了不少菜蔬果瓜儲存在冰箱，必須盡快用完。

每看到母親和印傭在廚房大忙，我雖不想讓她太辛苦，但絕不建議叫外賣或下樓吃。我母親住在這區，街頭巷尾都有幾間餐廳、食肆，買現成的也還方便，但母親肯煮，由得她！吃得更安心健康呀！

週末，大哥或小弟一家一家輪著來探母親；母親當然會多煮點，讓兄弟取點熟菜回家，留翌日熱了再吃。以前絕非如此，爸仙遊後，她總是每天有排好的節目：打幾圈衛生麻雀，在外面逛街吃下午茶，游水，早午餐常常外面吃，只煮晚餐；誰知此時會讓她忙都忙不完？樣樣都忙到頭上冒煙呢？

母親煮食，在廚房忙，印傭幫做切瓜皮之類的前期準備工作。母親自己要親自做精緻的拿手小菜，對配料非常有要求，薑要自家泡制；還很注意講究蒸、煎、灼等不同烹調法，幸好老人家有事忙，忙得忘掉悶、忘掉閒愁了，忙得值得！

人生無常

疫境下宅家，很多人是舊相冊翻多了，殘片看多了，舊歌聽多了。「懷緬過去常陶醉，一半樂事一半令人流淚；夢如人生，試問誰能料？石頭他朝成翡翠……」盧

國沾〈每當變幻時〉，以及黃霑〈家變〉曲詞：「不必怨世事常變，變幻才是永恆，經得風浪起跌，必將惡運變好運。」都反映了現時香港的變幻，曾深入民心。世事變，我們也宜跟著變，另尋新方法，不怕變數。未知數不一定令人受困，也或是轉機。人生每每屢起波瀾，以前的人生規劃，也許會一次又一次地調整，從選校讀書、考試升學、找工作、換職業，找伴侶、求婚、求子、到找屋、供樓，正職加兼職、到退休，人生真能事事規劃嗎？人生活上總有事在變，總有人牽掛。無論對人處事，所謂過渡期狀況，有時就變成新常態。過去一年抗疫，我們好像已經過渡了三兩次，由一波狀態過渡到另一波狀態，再回到原點似的遇上三波了，然後再過渡吧？

　　但過渡並非定局，我們接受新常態；但不是屈服於新常態，因為抗疫，我們從來都不是孤獨的。雖則疫情下，港人生活出現變化，社交距離措施使群體活動受到限制，應酬減少，也對年幼和年長的都有影響。但不盡是壞處，也有不少好處，以往市民為兩餐日做夜做很忙碌，現因疫情變了網上教學、在家工作等，相對上，多了私人彈性支配的時間，較易掌控生活，這樣就多了與家人共聚，也減少浮誇的消費，這些都是過往難得的小確幸。希望疫情過後，香港能回復以往模樣，就算再不是一模一樣，也有些美好的面貌，福隨信心至。

生命的痛和美

　　常言道：禍福相生，痛苦與美麗，何嘗不是？抗疫中

盡見生命之痛苦與美麗。痛苦，是悲傷和苦澀交織的味道，是人生萬物必然經歷的烙印，它可以是一種感受，亦可以是一個過程，宛如處於繭中的生命，戰勝痛苦後破蛹成蝶，展翅高飛，是何等的美麗！

美麗源自於痛苦，痛苦衍生了美麗，兩者看似相反，似毫無關係，但兩者之間卻有直接影響。新型冠狀病毒突如其來，世上哪還有甚麼靜好歲月？當恐懼、焦慮、迷茫彌漫神州大地時，人們是痛苦的，但疫情使我們舉國上下共度時艱。痛苦衍生了美麗，「國家有難，人人有責。」胸懷博愛的醫療專家，平凡普通的醫務工作者，雖是滿懷痛苦，但都有著一顆顆大愛之心，在被需要的時候挺身而出，不計報酬，無論生死。奔向疫區最前線，投入抗疫，他們逆行的美麗身影，點亮了萬家燈火，平息了國人的焦慮。疫情路上，疲憊而堅定的逆行者，領軍抗擊病毒，保衛武漢、拯救中國，於是有雷神山、火神山！多少逆風飛揚的美好背影，化作一束束光環，點亮了數億人民抗擊病毒的希望，打破了封印武漢的魔咒！人們因而充滿信心，看到美好的未來！新聞中無日無之的受災數字、各地的死亡個案深深地帶給我們痛苦，但更重要的，是展現出危難中人類所流露的惻隱之心，真善美，這從痛苦中衍生出的大美，促使全港一致地關心自己受難的同胞，比任何珍寶更彌足珍貴！

古語謂：「草木不經風霜，其生意不存。」痛苦，是個別的，但也是每個人都會經歷的，風雨人生路，沒有永遠的晴天，也不可能永遠是陰天；此刻人人身陷痛苦疫

境，卻也值得好好學習。生活就是千變萬化，難以預測，每人前行的路上，總有幾塊石頭絆腳，總有一段崎嶇難行；生活的上空，總有幾朵雲遮住陽光的明媚，總是陰晴雨雪難以預料。有些事，不以我們的意志為轉移，我們無法左右事情的發展，何不靜觀其變，見機行事？這不失為一種明智。

痛苦宛如我們心中埋藏的蛹，願意正視傷痛，心就舒坦了。守得雲開見月明，不要絕望地認為已經走投無路，即使不是現在，也許在不遠的將來，就會有解決的辦法。每把鎖都有開它的鑰匙，相信健康無價，活著的時候，要懂得珍惜，珍惜眼前人，掌握樸實真切的現在，自強不息，努力盡其在我，終有一天破蛹成蝶，生活，呈現耀眼的美麗！

六月　陽光明媚

「疫情緩和，可有心情久別重逢？飯聚聯誼？英明姊妹，按往年，六月你們飛英；今年如何？仍飛嗎？」凝視好友Y的微信，心情別有一番滋味。

每年夏季，在六月裡一片慶祝端午賽龍舟的熱鬧聲中，我和妹妹都會飛到遙遠的英國，八月才回港。

無法忘懷去年仲夏，再一次我和明珠來到劍橋，再和好友共遊！

藍天白雲，陽光明媚；二〇一九年的仲夏，和前年二〇一八的夏日一樣，絲毫不變。生活有時帶來驚喜，二〇一八年我們和故友倚梅夫婦，愉快地道別揮手時，說：明年二〇一九再見呀！

倚梅打算不住女兒家，另買屋了；我們約定二〇一九年夏，再訪新居咯！

於是，去年二〇一九應約再來，盼著訪摯友新居，嚐倚梅那自家造的美味麵包……

可是，生活有時也帶來驚奇。車站上缺了一個他，只見倚梅獨個兒呆在劍橋巴士站旁！

沿著路並肩走著走著，倚梅欲言又止；我和明珠邊走邊聽，竟是一段段觸目驚心的事，浮在耳畔煎熬著久違的人！

她隱藏的淚光，使我忍不住輕拍她肩，擁抱她瘦了一

圈的身子，真能感受她身心揹著的沉甸甸的重擔啊！

　　原來是一宗意想不到的交通意外，使健壯的男子漢躺床多月了！

　　我們隨倚梅急急往她家裡去，掛惦著看望阿祖！二○一八年夏，她丈夫阿祖，曾陪我們到處逛，看劍橋的數字橋，坐特色划艇看湖光水影；在大學林立的劍橋路上、樹下，教擺美好的姿態拍照，心想著志摩和濟慈美麗的詩篇……

　　二○一八年夏的賞心樂事，似是昨天；誰知二○一九年夏的那次探望，竟驚聞阿祖遭逢橫禍，真是天意難料！新居入伙，卻逢意外，難怪總說福禍相生！唉！怎料到他未可前行來車站接我們，更萬料不到這意外竟大傷了他的頸及腰腿神經線，致令阿祖無法行走，連久坐也未可勉強！

　　觀阿祖神情，今不如昔了，他坐片刻即須入房躺床；然而，阿祖真正是勇者！他雖是遇上這突然的塞運，卻從未有喪志灰心！

　　那時我們坐在他面前，心裡難過，也有點沮喪，真不知該怎說安慰的話來……可是，阿祖卻勉力提起精神，笑述就醫過程；我聽著，內心感到又驚又險；但憶述交通意外的人，卻活脫脫好像是轉述別人的故事，他甚至笑吟吟吐出一句：「近日我終於可站起來了！生活有變，人得隨遇而安……」

　　他有賢妻，二人都說到做到；倚梅真正是忘憂忘倦，樂觀應對！而他力讚妻子日夜悉心照料，她功不可沒！我

們為他倆鼓掌，心裡汗顏呀，沒能為摯友倆做點甚麼⋯⋯
我們常有錯覺，以為眼下萬事萬物都可在原處不變，就像
一本詩集，打開去年沒看完的那一頁，就可再看下去，世
事原來並不如此！其實，人是不知道生活會遇上甚麼！

　　倚梅夫婦已遷住新居多時，但很多衣物尚未拆箱、開
封；事因在這片夏日晴空下，瞬間竟是晴天霹靂，突然遇
上的一場交通意外，阿祖從生死的邊緣跨過來，跌入漫
長的困境，從健步自如變得只可坐臥⋯⋯倚梅哪來心力執
屋？哪還有心思自家造麵包？⋯⋯

　　人生的瞬息萬變、起起落落，人際的悲歡離合；對於
我們而言，都是種種大考驗，是上天要使人更強更勇、心
志和愛，都更堅定嗎？

　　倚梅說：「劍橋久雨的日子，終於看見陽光了。」下
午決定扶阿祖出陽台去，就是曬曬太陽，也是很好的。

　　六月的陽光，灑在阿祖和我們身上，暖洋洋的，陽光
所照之處，是明朗剔透而亮麗的，讓人心中不由得歡喜起
來，感到生活原來是這麼美好啊！

　　倚梅說：「你不要笑我這樣驚訝，陽光不是一定會照
進來，照進我們心裡；難得生活有美好的陽光，不能辜負
它呀！」

　　是啊，我太認同了。要讓陽光照進心裡，一句平凡的
話，簡單的道理，卻令人醍醐灌頂。也許，因為陽光在香
港太常見，太平凡，也就容易被人們忽略吧。

　　阿祖其實是幸運兒，幸虧他一直有賢妻陪在自己身
邊，倚梅一直陪他渡過種種難關；遭遇不幸，卻是不幸中

之大幸，在平淡中還算非常幸福。縱使今昔不同了，如今平凡安定的生活，其實也是美好的，見證著彌久日新的愛。只是我們忘了關注陽光，忘了擁抱它。正是這樣，平凡生活的淺顯道理，不會察覺，也就容易被人遺忘了。

原來，生活有時也帶來驚恐。回到香港，我們所見，各種人事可說一直是漸有所改變；新思潮新事物層出不窮，舊傳統一點點剝蝕，平凡安定的生活竟捲起波瀾。眼下的今日香港，一切都方便快捷，社會上有不少人衣食無憂，彷彿一切如意發展；檢視過去的平凡日子多好呢，如今都不同了，安定美好的生活，竟轉眼消逝，風過不留痕，如同世界迷失了陽光。

二〇二〇年，一月的冬日，我們乘飛機回港，機艙座位空蕩蕩的，客稀得寥寥可數，明珠和我兩個乘客，皆感覺沒人坐的位，恍如給哪位大人物包了場般，千斤沉重！其實，那時關注疫情新聞的我們，沉浸在驚恐、懼怕、悲傷之中，心中已忘了擁抱陽光。

原來，陽光真不是理所當然的照進人的心裡。二〇二〇年的春天，在驚天動地的病毒來襲中亮相，令人驚惶失措，漫漫長夜，人人自危。香港受冠狀病毒突侵，封城封境，難受控制，甚至，有些人患上了抑鬱症，心是黯然失色的，感到難關重重難渡過，多麼絕望啊！

不幸的遭遇，誰也不想；既來之，則安之！抵擋病毒既然已經成為耐久之戰，再怎麼害怕、悲傷，也不能重回當初未來襲之時了。怎能還沉浸在悲痛恐慌中呢？

我們要擁抱陽光的正能量，作出所有的努力，持久地

齊心抗疫！生活是廣闊的，就像灑遍大地的陽光。抗疫要分離，往來不相見；但大家並未相忘於戴口罩的時光裡，仍然可以手機、視訊傾談問安，在疫情的時光裡，春天漸漸走遠了。

夏日來了，生命有很多溫暖和愛，如同熠熠生輝的陽光。二〇一九年的夏天，我們相約劍橋，在倚梅新居喝茶，欣賞陽台外見到的大片草坪美景，相忘於互訴傾談的時光裡；我們曬著暖暖的五彩陽光，心中覺得幸福而富有，這種富有，不關乎物質的擁有，是我們心靈中知足的幸福。

我們相擁道別時，友情依依，好好珍重；相信明年二〇二〇會再見面，重逢會再見到康復的祖、倚梅的笑面。人生有很多美好等著我們去發現，怎可以把自己禁錮在黑暗呢？擁抱陽光吧，讓陽光照進心裡，深信生活都是有希望的。我們不怕生活有變，常有陽光的正能量！遠方有惦念，友情永不變！

而二〇二〇年的夏天，已緩緩的在春的迷霧中悄然來到，好像是非常的自然而來的，我住的山村上，草木靜靜生長著，花兒默默開放著，飛鳥蟲獸都活潑潑出來了，六月，一瞬間就來了。

春天的終點，是夏天的起點；夏天的終點，又是秋天的起點……每天有早晨、下午、黃昏、深夜；季節有春、夏、秋、冬；人生有起、承、轉、合，生活不就同樣如此嗎？

二〇二〇年六月來了，這是大家日盼夜望的夏天，這

是我們經歷過漫長疫情後的夏天，這是我們抱有種種體會和思念、思考和感悟的夏天，大家有沒有擁抱陽光？讓快樂陽光照進心裡呢？

　　遠方有我們的友情和惦念，送春迎夏，霧散迎曙光，仲夏七月，我們再出發！到劍橋去、到詩和遠方去，夏日的天空，會更藍吧！

花徑不曾緣客掃

山村四季有花。

我們這一家，一九九七年十月搬來山村，那時每個半小時有村巴上落，倒也方便。然而，奈何村巴老闆因病去世後，幾年前新公司接手後，村巴減少過半班次，影響了客源，收入不繼而停辦。

我們家住這山村，由於村車蝕本而停辦一年多了，現終能再有公司肯接辦，但已沒以前風光日子了。

多麼似疫情！

由於疫情，現村車每天只有早、晚兩程載客上落山；疫情下，上學返工，交通頓成民生的重要難題了。

多麼似疫情！人們為了解決民生難題，又豈只是交通？

但山村四季有花。有花，就有精神了。

沒有村巴的日子，我要下山，便會像村民那樣，步行一個多小時下山，我覺得有雙足，人就走出路來了。

現村民各家組成順風車群組，沒村巴時也可互助義載上落山村。遠親不如近鄰，大家都已學懂了在村巴和順風車之間，在防疫與生活中，找到相對的平衡點。村民大部份的生活，貌似如昔日平常，冬走了，春臨人間，疫情趨穩，我們的希望，在春天的花，在山村的花徑上，不曾停步，芳菲滿路，足履生香，沒有村車，人有雙足，信步拾

花訊，有另一種美好精神。

山村四季有花。牽牛花。

這一天，清晨的陽光燦爛，牽牛花就迎入眼內，她在那斜斜山坡上展開了。在綠色斜坡上，點染了一點一滴的紫色，看起來真好看，是自然界的亮麗配襯哩。我知道太陽西斜時分，牽牛花就閉起來，你知這花為甚麼叫牽牛嗎？因為她愛攀著樹幹，或緣著斜坡，豈不是像牽牛上樹嗎？你說多難得呀，植物學家說她的中文學名，竟叫七爪龍！真是調皮不得，理應不可小看她，她是龍的傳花，好有生命力，這就足夠偉大了。

我既受清晨時光之邀，到外面走走看看，當然盡解花語了。我要請花徑上的大樹、小樹，他們的樹葉呀，都在陽光上打結，那麼，大地上就生出一隻又一隻閃亮亮的美麗蝴蝶了。

散步去，請花徑上的喬木邊，那一朵朵的小蘑菇，在草地上打結吧，讓路過的小動物，來吃一口，說一句話，獻給朝陽呀。

咦，漫山遍野，盡見洋紫荊的芳容。

洋紫荊，深紫紅色的洋紫荊，真是漂亮！這種被獲選為香港市花的花，由五塊不同大小的花瓣組成，可以說是最令人聯想到香港人的精神了。在一九九七年七月一日，香港特別行政區成立後，由於洋紫荊是香港的市花，她便順理成章地成為了我們的特區區旗和區徽的圖案了。那年香港回歸，祖國便送了一座紫荊花雕像給香港人，放在金紫荊廣場上，慶賀我們回歸祖國的懷抱，也象徵英國對香

港的殖民統治已經結束。以前三月到港督府賞洋紫荊，今日港督府已易名禮賓府了。而賞洋紫荊？山村上花徑都咫尺可親呀，實在是何須勞師動眾，去禮賓府呢？賞花，親芳容，不是生活日常一件普天同人可以有的雅事嗎？

看！洋紫荊盛開了，人間三、四月這段時間，洋紫荊開得漫山遍野，她是粗生的花，她既抵得住風雨，又很耐寒呢。

近年來疫情未斷，香港的經濟一波接一波地受到嚴峻的考驗，尤其是失業率上升了不少，很多人的生活環境，亦因此而有所改變，甚或失去了親人好友。但面對著疫情波及，全世界亦無處倖免；因此香港人也要挺著呀，要依然本著一向拼搏的精神，為將來尋求出路，像那不屈不撓、無懼風雨地開花的洋紫荊吧，由寒冬至暮春，即使天氣再寒冷，甚至低至攝氏十度以下，依然無損洋紫荊的美艷。

這種不屈不撓的精神，便是香港人永不放棄、永不言敗的精神，正正是和洋紫荊不畏風雨的精神不謀而合了！

洋紫荊的葉，有「聰明葉」之稱，她的葉形也很特別，是分成兩邊的，就像人類的左、右腦一樣哩。我們迎春，都愛將聰明葉製成精緻的小書籤，希望放在書本內，人的頭腦，可以變得更聰明！

我覺得，其實香港人，普遍都有靈活的頭腦，敏捷的思考，現以這種具有「聰明葉」的花——洋紫荊，來象徵香港人，代表著香港人的精神，真是合適不過了！

這樣，我就一路晨運，一路賞花，在喜歡的野花山徑

上，有時仰望乾淨如洗的天空，偶有三兩晨運客打招呼；
有時，迎面見宅家久了的村民們，笑著散步、甩手、彎
腿，快樂遛狗，肢體活動著；在野花山徑上，偷得浮生半
日閒，慢活人生；春來了，綠意正濃，不須太留戀著短暫
的花期，夏天，可以繼續賞夏日的花，做仲夏美夢，秋可
賞菊冬賞梅；人生的風景，四季都很好啊！

今秋，相聚吃飯吧！

下機第一餐　豐富一鑊熟

今年延期，初秋才飛倫敦探我兒，因香港爆發了第三波疫情！我本是年年炎夏飛英，因疫情受家人反對未成行，幸而八月訪英遊客未需隔離，我心中決意要飛！

今秋隨著第一片秋葉飄落倫敦，添了一份沉靜感，全年未晤英倫工作的兒子，我常牽掛惦念。倫敦於我，是我兒工作生活的地方！我兒少時在英倫寄宿求學，讀書至大學畢業；長大成人後，到倫敦就業至今，常使我魂牽夢縈。多年來的暑夏期間，我都飛到倫敦看望他。雖本港疫情依然反覆，返港必須隔離十四天，但暑熱稍退，涼意漸生，中秋將至，我抑制不住思念，不管家人反對，飛英心意已決，偕妹明珠抗疫同行！

雖是心情複雜，我們當下全副防護衣，武裝登機，從港飛了十二小時後終抵達希斯諾機場。浩兒來接機，母子未因疫情相阻，喜擁入懷！我兒長高了瘦了！

我們回到浩兒住在倫敦的村屋，他進家門即開冰箱，拎出冰格多種食材，說要為我們煮餐。他真情流露地表示，我們為見他辛勞了，定要親手為媽媽、姨姨煮一鍋好餐！眼神裡透著慧黠的浩兒說：「你們在機上不吃不喝十二小時，太肚餓了！稍等一下就有大餐吃！」浩兒自小

留學，比同齡的孩子成熟、獨立、堅強。十幾年前，他獨自在英倫留學時，培養了下廚習慣。蓄著少林寺僧般短髮的他（兒子說理髮貴，每次剪到最短慳些錢！）落手落腳，為我們特別泡製好菜「驚喜一鑊熟」！

冰格食材可謂包羅萬有，他把雜菜粒、雞翼、魚柳及番茄，連同意粉全倒進大鍋裡，竟在半小時左右全一鍋焗熟了。這鍋快靚正的菜，顯露出我兒在速食快煮方面的創意！以簡單有限的食材，他炮製出內容豐富而有益的一鍋！這鍋盛載著濃濃的愛，傳遞著他對媽媽和姨姨無限心意，令我們驚喜感動，倍感幸福！我見猶憐，有點反應不過來呢！謝謝你，兒子，辛苦了！這溫情的愛心餐，果然好美味！我們把一鍋菜吃清光，連湯都喝光了！

日常美食　營養新鮮

兒子住在英倫，日常都是簡食，麵包意粉，不大講究。在香港，食物來源充足，但在英國不同，有些食材，如兒子喜歡的豆腐、菜心，較難吃到。即使是簡單的燒味，如叉燒、燒鴨，一般超市沒有出售，更難吃到。身為媽媽的我，心願是決定要給浩兒日常吃好，給他多元有益的不同美食啊！

在英期間，兒子愛和我去超市，入超市有時間限制，逛超市時往往談吃的話題。浩兒看到雞蛋的貨到了，喃喃地說：「現在英國的蛋足夠，但三月疫情高峰時，英國市面雞蛋大缺貨，有官員就想到古怪辦法：讓每戶家庭去養一隻雞，說那麼每天雞就可下一隻蛋，市民自給自足，就

有蛋吃了！如今，雞蛋來貨沒問題了，大家卻在烽煙節目中，討論這些養雞的家庭，現時都不願繼續養雞了，怕麻煩，雞該送給誰？究竟應如何處理這些雞呢？全殺掉麼？又好像不人道！」兒子哈哈笑說，真是扭計師爺出死計呀！

浩兒出門上班前，我覆去翻來，為弄好他的早午餐盒傷神。不怕費工夫，我大清早起來，費心思炮製當天的三文治早點及午餐便當。我選材注重新鮮有營養，做過三文魚、火雞肉、豬扒、魚柳及煙肉三文治，附上牛油果，或青提、橙、布冧等天天不同的水果。

做午餐便當更多花款，即使是簡單的煎蛋，我會加配蝦仁或叉燒香蔥，煮意粉會變化，有時配香草，有時用鮮茄，有時加忌廉等，為求日常餐點，既有營養又美味！如西芹魷魚、蒜心鴨舌、青椒蝦仁、咖哩雞腿、冬菇排骨等，雖然似好簡單，但要早起預備才新鮮啊！兒子平日放工疲累，自己是求其隨便煮食，我常想好好為他煮美食，對他的膳食多加照顧呢！

倫敦人熱愛生活和足球，難怪浩兒每週末俱和波友踢足球去，他說：「但我少到大球場看波，太貴了！」浩兒又說：「媽，倫敦的公園是好去處！」他每天晚飯後，喜歡和我們一起去附近的公園散步。公園林木茂盛，景地寬闊，閒逛時人很舒暢，尚可談天了解浩兒生活，真好！

我兒省儉，率真表現於日常。他說，政府救濟措施豐富，以疫情緩急作補貼，市民不上班也可過日子，所以現英政府因疫情經濟差，財庫很傷！

英國多感染個案，但街上、公園裡卻沒見人戴口罩。浩兒告訴我們，在英倫只是入超市及餐廳，坐巴士、火車要戴口罩，室外都不限制人戴不戴，尤其小孩，不須戴！在此為助疫市下振興經濟，有 Eat out to Help out 行動至八月三十一日，因此多家餐館會半價，是政府的救市方案！

散步時，浩兒想去找那間半價的印度餐廳吃咖喱，豈料整條街的減價餐廳，都出現人龍，人人都在排隊等位！連附近的家鄉雞快餐店，門外地面黃色圈（社交排隊距離）上，也大排長龍，龍尾去到停車場！「還是在家吃的雞和魔鬼魚，更好味！」聽完兒子說，我心情特別美好！

疫無阻　相聚慶生祝福

中國人團聚，最愛以一起圍爐同桌餐宴表達，仍記得幾乎每年只能透過電話祝兒生日快樂，想不到今秋疫情時期，反而可同在英倫相互祝福！疫情無阻，我感到千里迢迢來此，難得可親身和兒子慶生，共渡好時光，讓兒子拉著我暖熱的手，感受到親情的溫馨，也收到為母那份心意！

青少年時代的浩兒，如一隻嗷嗷待哺的小鳥，當年曾在大學校園好奇徘徊，奮發學飛。在校園的湖畔仰望晴空，湖水激盪過他的雙腿，他朗朗的書聲相伴他的叛逆青春……嚮往展示進取及善心，他想在大學畢業前做一件大事，決志和兩個同窗，由伯明翰徒步走往倫敦，三個少年把四天三夜的徒步經歷，全程上網，為的是助老人院籌

款！浩兒走粗了雙腿，歷經滄桑，有著太多精彩的故事。

他為追求這份理想，以堅毅圓了少年的真善美夢，成就了一項佳績善舉，籌了一大筆善款助人。當年他像競走的運動員，不斷地走、走、走，走爛了波鞋，走出了鬥志，昨日的奮發少年，由北到南繞步走了大圈。今天，我看見昔日的陽光男孩，已從年月的堅強磨練，成長為健碩獨立、有擔當的男子漢！那邁步長途步走的經歷，那是金不換的珍貴體悟！今秋浩兒，已是而立之年，已走出校園，走上社會的大道上，他將不斷地大步邁進，走進自我開發的新前路；不再仰視著天空，而是在晴空上振翅翱翔了！

多年我未能和兒子慶生，今年我要給好兒子吃一個生日大蛋糕，吃一頓驚喜的生日美宴！少時的他最愛吃叉燒、蝦水餃和壽司，我好想為浩兒親手煮，決定自家學弄叉燒！餃子，自己較難做得好，就去唐人街買回來吧。

浩兒生日當天上班後，我即和明珠一早出門到唐人街，同行部署尋好食材，買餃子和蛋糕。倫敦的白晝很長，深秋乍涼還暖，我們漫步唐人街頭，看牌匾都在，風景依舊，但有些店關門沒營業，路上冷清多了。走到斜巷，在河粉廠買了餃子，又到雜貨鋪買了海帶、紫菜，居然還有鴨舌和其他好東西！我們買了多種食林，又買齊做壽司之工具，就坐地鐵返家去，來為做一頓新款中日大餐賣力！

回家後，我們先把壽司米煮熟、放涼、加醋，切好三文魚、蝦子、牛油果、青瓜、酸蘿蔔等，就動手做了四五

盒不同的壽司。接著，又煲湯及煮好了多個菜餚、天婦羅等，眨眼已是黃昏，過了六時了。幸好趕及浩兒七時放工回家開餐！我們這晚餐花心思弄好了自家叉燒一大碟，巧做鰻魚飯，有水餃、大白菜、麻婆豆腐、冬菇炆雞、沙嗲鮮魷、沙參海帶湯、鴨舌和天婦羅等，兒子果然喜出望外！

感謝明珠協助我，一起大顯身手做壽司，雖然費工夫，但想不到我們巧手親做的中日壽餐，大獲好評，浩兒很愛吃，極為欣賞，大家吃這頓中日豪餐過生日，都吃得滋味難忘！浩兒笑問：「媽媽、姨姨，可不可以明天多做兩三盒壽司，讓我帶回公司請同事吃啊？」小時生日最愛吃蛋糕的他，想不到那晚連蛋糕的忌廉，都吃光光呢！

啊，兒子，謝謝你！你令我感動！也感謝妹妹大力協助我做大餐，這慶生晚餐有母愛味道，好好記取這份親情吧！

人生是一段發現自我的旅程，路要靠自己一步步走出來；我兒少年時寄宿留學，大學畢業後在倫敦就業，讀書至今長大成人，都在規律中不乏自由的時光裡渡過，他認識到自己的未來，立志發揮一己所長，為人謀幸福，他的善良堅毅，就像一座燈塔，能不斷照亮自我的前路。浩兒現今熱愛工作，生活踏實，他展現出的潛能、使命、獨立和自信，令我心中安慰！

人生轉眼一年，明年再會有期，憑一份惦念！思念他，明年夏來秋至，要英倫再相聚，一起吃飯吧，這是母子間愛之回憶和幸福的味道！

冬天三個媽：
我和老媽、新媽

冬意隨北風漸濃，早起寒意生；自去年底疫情爆發，轉瞬又快過年了。生活的日常平淡，口罩與限聚已成新常態，市道依然蕭條，而埋怨聲音卻少了，皆因親友間聚少離多，已成習慣了。

但這個冬天，我的老媽，要升做太婆，我快做外婆了，因女兒快升格做新媽了！

這是不一樣的冬天，預備迎接不一樣的新一年！這就是我——身為媽媽的我、快成外婆的我，平凡、真實，而又新奇活潑的、絕不一樣的冬天！

一晃時間，閨女婚後已過了快兩年，小夫妻自不吭聲，她肚內的寶寶現在已經四個月了，這個非常消息，才剛收到！女兒雖然表面是冷靜沉默的，但是她的內心卻像火一樣在燃燒，因為她肚內的寶寶，似讓她抱著小暖爐在胸前呀。殊不知自己已在靜靜地得到了祝福，人們身在寒冬天的時候，榮升新媽媽的女兒，已經得到了火一樣的鍛煉，有了堅忍的意志和超強的毅力了，她會愈戰愈勇，直至可愛的小寶寶呱呱唱歌，來到這新世界……

這是香港一個獨特的冬天，在我眼中，她雖沒有岑參的「北風捲地白草折，胡天八月即飛雪。」香港地沒降

雪，沒有白雪拂去了此地之愁憂塵埃，沒有白雪抹走香港人心靈的塵埃、陰影。但這個獨特的冬天，有老舍筆下說的：「因為有這樣慈善的冬天，幹啥還希望別的呢？」

這是在我心中一個慈善的冬天啊，她是慈善的，她是慷慨的，她是剛中有柔，柔中有剛。只有人們用心去感受，自然就能領悟、明白，慈善的冬天啊，聖潔的冬天啊，寧靜致遠的冬天啊，在默默無言中，獻給了偉大的任務給女兒，賜給了珍貴而含蓄的大禮：寶貝兒——給三位母親！

女兒，我和我的母親，讚美冬天啊，歡迎小寶寶！

這是一份特大的禮物，對於我們來說，好消息真是最珍貴的聖誕禮物！而孩子，從來都是最正宗而份量最重的愛情結晶，是上天給小夫妻留下的最了不起的禮物。

我不禁回想起自己懷了我女兒的舊日時光，也是冬天啊！昔日那時候，我年輕首胎，我母親對我呵護備至。一提到冬天，腦海裡浮現的不是北風呼嘯，而是一聲聲噓寒問暖，一杯杯熱氣騰騰的蜜糖柑橘水。

在母親自家調浸的橘子水，背後有著一股強大的暖流，暖意流遍我的全身。那時候，在冬天裡懷孕的我，常手凍腳凍，母親就為我泡一杯蜜糖柑橘水，特別是在睡前時，她還特意走六層的樓梯（因我和丈夫住處是沒電梯的，某唐樓的六樓呀），母親為我運送一大瓶蜜糖柑橘水。我在家一推開門，就聞到一股柑橘水淡淡的清香哩。我曾愚蠢的問過媽媽，為甚麼要讓我常喝這種柑橘水？其實雖不太難喝，但它沒有任何甜香，甚至還帶有苦澀呢！

老媽總是微笑的對我說：「柑橘水雖帶點兒苦澀，但我為你加了蜜糖呢！它可以驅寒，可以給你暖身子啊！」我聽後很明白媽媽的話，於是一口氣的喝光它，頓時覺得渾身上下熱血沸騰，在寒冬的夜裡，我不再瑟瑟縮縮，我體會了媽媽的良苦用心。我深信，她把對我的愛，泡在一大瓶柑橘水裡了，把熾熱的愛裝在我的身心裡了。那不純是柑橘水，而是媽媽精心為我泡好的愛心營養水！每晚都會很在意的喝點柑橘水才去睡哩，那是母愛、愛女深情！

母親對我的丈夫說：「將來你要好好照料新母親呀，初為人母，初生小寶寶，你可一應都要嬌嬌氣氣奉養，勿要老婆任性減肥；母、子寧肥勿瘦，營養要夠！」

那時我的丈夫欲言又止，他可是討厭肥胖的女人！他是極不情願駁嘴的呀，硬著頭皮點頭；母親欣慰的笑了。我當時只是覺得很幸福，媽媽的笑很可愛，那笑容讓我內心感到的，只有母女彼此才能明白的溫暖與親切。

及後，一場大戰掙扎過後，我才知道，為何在人間痛苦的排位榜上，生產陣痛，原來排在第一位！及再後來，日子晨昏顛倒，初生兒的她，我粉雕玉砌的寶貝女，留下給我的，是一個忙碌得分身不暇的世界！

坐月日子那時，值得慶幸的是，我的母親常陪伴著我，她做了我的守護神，在大寒天的日子裡，母親那張幸福而安詳的笑臉，散發著陣陣貼心的愛，這愛，展現了對我這個初為人母的新手媽媽，無限支持和關愛，這愛比天還高，比海還深；這偉大的愛，點亮冬天！

然而，產假後上班沒幾天，母瘦了，小寶肥，我這新

手媽媽，靠臨時保母不消瘦才怪！

　　我的母親不忍心了，她看見上班又上學的我，簡直忙壞了，知道我打算把寶貝女放在托兒所，真不捨得！她就二話不說要抱孫女走，說：「你倆放心返工，我來照顧BB！」此刻只覺得世上只有媽媽好！

　　然後，日子漸漸過去，我那粉雕玉砌的寶貝女，已然亭亭玉立了；然後，日子又漸漸過去了，她如今也快要做新媽媽了。

　　某次寶貝女探我，見她慵懶洋洋，從不下午睡的她，卻在沙發睡，怎麼回事？她為甚麼胃口差？不清楚她何解不吃？她是在奄尖挑菜嗎？一連串的疑問在我腦中浮起，令我疑惑了。

　　我把情況告訴我老媽，老媽搖搖頭說不知因由。忽然，她說：「會否害喜了？」我更加疑惑，便下定決心上門去問她。但她不在家，我赫然看見字紙簍，似有驗孕棒……

　　一看顏色，疑寶冰釋！我在這瞬間明白了一切，樂了。此時，一股暖流湧上心頭，窗外北風吹著，我不覺冷；反而是感覺得北風竟如鵝毛般吹拂我，我格外的舒心暢快。

　　於我，眼下的冬天是讓人感到溫暖的，這人世間的那種濃濃的傳延美意，是源於那對下一代的火熱的愛心。正是這種「神聖」的傳延旨意，點燃了心香瓣瓣，我想，小寶貝的溫暖，足夠初為人母的女兒縈繞一生，成就她成為更完美的女性，這是可以預期、認真期許的。過來人

的我，清楚知道：嬰兒小寶貝，現在是女兒懷抱著的小暖爐，是掛在她心頭上的小太陽，她的小寶貝，將是寒冬迎來的春天，將會把所有的溫柔和溫暖，全都投射在父母的心上。無論冬天多麼嚴寒，她的小寶貝會送給她的媽媽：無限愛的祝福，在愛面前，令她的媽媽不退縮、不哭，即使痛，也是幸福。

「今年做新媽，驕驕女特別勇敢，讚！」我豎起拇指快樂地說：「對嬰兒來說，確實也很勇敢，大讚！」

雖然今年因為新冠疫情的緣故，老媽不忘囑咐我要特別小心照料女兒，說勿嫌她長氣。怎會呢？恐怕我自己更長氣了⋯⋯

於是，我首先囑咐女兒，外出到產科檢查時防疫工夫要足，盡可能要人陪同，或是我，或是女婿。而說到飲食宜合季，應戒口，寧可信其有，例如不要吃荔枝，怕不幸影響胎兒皮膚。寒冬要加衣，令肚內這位可愛小寶寶，如春日和暖呀！如此一番囑咐話兒，說得肯定，盼會給孕中新媽帶來非比尋常的慰藉吧，為人母者，心中只願贈與快樂能量給我的驕驕女新媽呢。

儘管還不能被外婆外公抱在懷中弄耍，安慰；這位未來小主人，對大人肯定有好處。對我們來說，確實感到很快樂，是的，本人認為，嬰兒是未來，也是勇士，嬰兒能提醒許多我們遺忘之品質：好奇、探新、勇敢嘗試，失敗再來⋯⋯

女兒呀，你要開心、樂觀又溫柔，胎教重要，你愈開心、樂觀又溫柔，嬰兒就更快樂、聰明又活潑。你的愛和

歡喜心，不僅保護了孩子的小世界，也愈能為你戰勝凜凜寒風，送給你冬天一束最美的心靈之火，讓你信心滿滿，做個好叻媽媽。

　　雖然十月懷胎不容易，但是──女兒啊，在妳前面，將會是忙碌卻開懷的好日子，你的小宇宙會教曉你成萬能女俠，而我會一如你外婆守護我那般，一直守護你和你的小寶寶，那綿延的愛，似爐火般旺，點亮冬夜。

回味

　　現今小家庭，已很少人會婆媳同一屋簷下，不似我們的年代了！

　　我初嫁丈夫，也是二人世界，但懷了兒子後，就和家婆同住，同一屋簷下同吃同喝同親近。這段美好的時光，現憶昔念往，充滿難忘的味道，是我人生中一段非常幸福的時光。於我而言，奶奶予我美好的日常後盾，給我作為事業女性之力量！

　　我的家婆名叫吳潤瓊，她的名字一如其人，帶給我的是恍如美玉溫潤平凡粗糙的生活，她給我的是溫暖、慷慨、慈愛。使我的生命愈變得涵意豐厚！回想起與她同一屋簷下相處的日常生活，味道何其幸福！我的家婆堪稱是我的守護大使，令我心中充滿謝意！

　　我年輕時嫁入夫家，就很喜歡丈夫的母親了，一般人說的婆媳問題，在我是絕無問題。其實，我有自己的觀察，婆媳彼此雖不是血緣至親，也宜謹記是很親的人啊，不宜視婆婆外人呢！我深知、明白家婆是丈夫的媽媽，婆媳相處，最好是婆媳雙方對彼此接納、關愛。我最肯定奶奶，對她很尊重；相處時像對待自己媽媽那樣親近，信任她，感激她。所以和她和諧相處，能有良好的互動，互動愉快，又怎會有甚麼婆媳問題呢？奶奶也很喜歡我這媳婦，覺得我為她兒子生下一對乖孫兒女，真讓她百倍喜

樂，安心滿足呢！

她之所以堅持跟兒子媳婦同住，是希望平日能協助女傭照顧孫兒女，就是看著她寵慣兒孫的樣子，使我像個幸福少奶奶哩。

我的奶奶喜歡自己做飯，她的家常小菜，是我所曾熟悉、習慣的味道。每憶念奶奶，就不忘她做的好吃的菜，令我由衷讚賞，她廚藝精湛，味道是我們所喜歡的哩！

說起記憶裡的味道，可要細意回味了，皆因奶奶煲的家常湯潤喉好喝，而所煮之最棒美食又真不少！她非常擅長烹飪做飯，煮的小菜，用的材料也講究；那時候每天放工回來，就很期待享用晚餐。

最令我念念不忘的，是奶奶的兩味拿手經典菜：酥炸金蠔、釀土鯪魚。

我奶奶的酥炸金蠔，做法似無奇特，卻滋味難忘！每回她買了些鮮活肥美的大生蠔後，便用生粉先洗乾淨，之後瀝乾水份，均勻浸上炸粉，倒入適量的油入鍋炸煎……彷彿有魔力似的——她炸至生蠔呈金黃閃光，鮮美氣息湧動時，即關火撈起出鍋，裝盤。此時，我們已急不可耐地聞味湧入口偷吃了！香脆惹人的酥炸金蠔，吸引美味得停不下來！

我最愛吃奶奶的釀土鯪魚，特別的地方是，拆骨起肉重整，工夫就很多，大家都很喜歡吃。家婆親手做的釀土鯪魚，是魚又非魚，混合切碎之鯪魚配上適量的免治豬肉、菇絲、椒絲、蒜瓣置於魚肚腹，整條放入鍋中，煎至七八分熟，再翻煎至香氣蕩漾。然後輔以醬油、生抽，加

入薑蒜末、芹菜末與魚一起烹，魚味與佐料味完美融合再稍微燜煮，鮮香無比，味道鮮美帶豐富層次，真是別有一番風味。釀土鯪魚甫上桌，就令人垂涎難忍，人人立馬拾筷開動。

一家大小圍坐餐桌吃美味的釀土鯪魚，口感難忘。戳起一塊魚肉，入口鮮味滑嫩，齒頰添香；鯪魚向來骨多，但此味釀土鯪魚真好！不須怕挨骨，直接塞進嘴，免治豬肉連鯪魚肉配上果皮、香菇絲、椒絲齊嚼，這種味蕾的歡躍，足以忘掉生活煩憂。一碟看相平凡的釀土鯪魚，就能讓丈夫和女兒狼吞虎嚥，小浩兒更連吃兩碗米飯，就算嘴角沾飯粒也不去管了！

想來我丈夫嘴巴刁鑽，大概是他的胃口與味蕾，均由他母親賜予，早已習慣依賴母親的廚藝了。

我們同住多年，奶奶天天做飯，她煮的菜真是美味；我人過中年，嘗過百味，方知奶奶煮的味道最好：清淡裡有好滋味，簡單裡有大滿足！可惜，人失去才知得到過；丈夫和我，今天再也吃不到這種好味道了。

現今的家庭很多不同往昔了，不是飯盒家庭，就是菲傭或印傭做飯；多少人有福氣和家婆住？享用奶奶煮的美食？又多少孩子能吃到祖母的拿手菜？完全不可同日而語了。

我懷念奶奶煮的美食，也許其實是想念早已仙遊的她。也許其實更是懷念昔日美好的時光、年輕的自己、幸福少婦的青春日子吧！

好味，是源於食材連結著所懷念的人的回憶呢！而食

材和味蕾，都是充滿濃情蜜意的感受，食物和所懷念的人二者緊密融合，便有了特殊而難以磨滅的味覺，令人戀戀不捨，永遠惦記。

重陽將至，我是有話難盡說了。天意弄人，無奈奶奶壽短，可惜那年庸醫累事，致她返魂無術，要與我們陰陽相隔，令人肝腸哭斷！

我們捨不得她仙遊，記掛她留下福蔭，常覺心裡頭滿是幸福，她在世賜予我的一切令我感恩！懷念又惦記她的溫暖，她的親心情意，常在我心中回味悠長！

平凡奶奶，不平凡的美食靚湯，在腦海中思之愈久愈讓我感到唇齒生津，念念不忘！這些美食靚湯，絲絲、點滴都是她為兒子兒媳孫兒們付出的心意！

我敬愛她，唯盼自己活出她一般慈愛顧家的樣子，唯盼自己像她所奉獻的愛那樣，付諸在我的家人兒孫身上，我也能似她般，為我的家人，帶來家的味道，為他們的生活添上滋美的味道，令他們也活得快樂幸福啊！

明 卷

明卷：

* 書影物語（生活味）

1. 啟動創業　不怕夢碎
2. 自強勇敢　女兒本色
3. 女排奪冠不是夢
4. 啟開少年心靈的紀錄片——《少年滋味》
5. 邀約孩子學習愛：
   從《那年老師教曉我的事》說起
6. 雅緻瓷具　飛越疆界
7. 字字看心情
8. 華麗變身：《玩具診所開門了》
9. 老有餘暉，不可抹殺
10. 格林童話小珍珠
11. 人性欲望，讀出世情
12. 灰暗日子看韓片的愛情和幽默

* 明月浮光

人事組成日子的音符，容我彈奏心曲，訴說
感悟情味，照亮童年、照亮世界

108 天的閱讀挑戰

　　欣悉中國著名兒童文學作家、閱讀推廣人李姍姍小姐正在向全國小朋友發出了「108 天古詩詞閱讀大挑戰」公益活動的邀請，真令人興奮！這位被小讀者稱作姍姍姐姐、聲音溫柔好聽的作家，推行此計劃非常有意思，藉著她甜美的聲音傾情朗讀美麗的古詩詞，定可吸引及帶領著小朋友欣賞古詩、學習古詩，提升文學素養，在潛移默化下養成良好的閱讀習慣。

　　姍姍說，108 是一個很有深意的數字，它既代表了世界的無窮無盡，在中國文化中，也被認為是圓滿的象徵。此計劃期待兒童可每天堅持五分鐘朗讀及學習所選播的古詩，那樣就能把碎片時間好好利用，一天天累積起來，便漸漸增強閱讀興趣，經過 108 天的挑戰，大大有助兒童養成良好的閱讀習慣，終身受益。有國際權威調查就指出，108 天正是孩子養成良好自主閱讀習慣的最佳週期。

　　姍姍本人寫詩和童話，對推廣文學出心出力；我很記得一次在香港的公共圖書館，看她主持一場題為「變變變」的故事活動，她以詩意的氛圍，活潑、有趣和多變的互動方式，分享她的繪本和故事，令人愉快難忘。姍姍創作的作品文字清麗，創意獨到，例如她的童詩集《太陽小時候是個男孩》，靈感取自她小兒子日常生活的童言童語，在她筆下變出無限可愛詩情，如擬人的樹會伸懶腰，

風會說話，積木會跳舞，可以為秘密加點葡萄酒使其變醉，用梳子幫小草梳頭髮，甚至讓牙齒在蘋果上鑿出一條環形的甜馬路……這樣鮮活的聯想和譬喻，展現不一樣的童真童趣。

雖然近年很多意見認為背誦這種學習方法是不合時宜的，但這只是指那些不求甚解的死記硬背吧。中國的古詩詞是我國文學寶庫的瑰寶，文詞優美，唸誦可朗朗上口，深受感染；108 天古詩詞閱讀挑戰這活動能用這樣的構思，讓孩子天天親近多些詩歌，從詩中領會民族的文化精髓，或感悟親情、友情、大自然天地草木、感受世界萬物的關懷，值得支持，真希望能有機會把此計劃也帶給香港的小朋友呢！

這個秋天，我被隔離： 從英入境紀實

從未見過香港機場如此空曠冷清啊！

長長的輸送帶是靜止的、空盪盪的，只見戴著面罩的清潔工人，隨著寥寥可數的乘客抵埗。我和姊姊疲累地拖著行李，沿長廊步向入境位置，直行前面不遠處，有同機的金髮胖婦，她掉頭皺眉瞧，示意我們勿走太近，「保持社交距離！」她說。但在我們後面，緊隨著一家大小的印度人，不理甚麼距離貼在我們背囊後哩！唉，這家庭似想盡快趕赴入境櫃台！

但在這天，九一一，港府政策仍規定：任何入境香港的人，皆要接受新冠肺炎病毒檢測及十四天隔離！

我和姊姊剛從英國返港，因此要在香港隔離十四天！

隔！離！這兩個字像兩堵巨牆，狠狠地給我重擊！隔已慘，還要離！前人有生離死別之詞，如測到陰性，算是隔開下，若測得陽性，死火，像要生離似呀，入了醫院也未卜生死呢！

忽然，那些描述從前納粹隔離營的電影畫面，一幕幕湧出，在眼前閃現，囚困在集中營的人，真苦不堪言！

「啊，我探兒就不怕回港要鎖十四天。沒事的！」姊安慰我，但我自己真不想要經歷被隔離的日子呀！

剛下飛機，我便急忙開手機，收到家人提醒：過關需時，要耐心等候，切勿走近一些來自高危地區如意、法、美、日、印尼、菲律賓等地的人！

果然，我們由清晨六時半下機到埗，排隊、轉乘機場內的轉送車、接受檢查 QR 碼，等候量體溫和檢測，經幾重排隊後，才獲登記。之後要排隊接受召見，繫上手帶及衛生局官員叫簽名，並看了指導如何自我依步驟取唾液樣本的短片後，折騰了兩個半小時，才終於完成交遞深喉唾涎樣本，已差不多上午九時多，我們再被指示去到等候區，等候檢測結果！據說之前全不過是碎料前菜，這時才是戲肉！因負責檢測的化驗室工作很繁忙，若是星期五抵港的更忙，估計最長要等十二個鐘頭，才可得結果！

不是吧，我死得了！從英飛返港，我已屈坐了近十二小時呀，還要準備等一整天才能入境嗎？心理難消受！

「或有例外吧，週末才最多人到港吧？我們班機算少人，或者不用等咁耐？！」姊是安慰我？還是自我安慰以改良感覺？

等候區編了每人一張桌和椅，皆有編號，每個座位和鄰座都有超過一點五米的距離。有些等候的人自備了捲蓆和小枕，在座椅旁地面躺下，也有人帶備紅色的小帳幕，放在座位旁，索性在帳幕裡睡。

職員說，請各自等待著，勿與他人接觸。是的，誰知道有沒有隱形患者呢？大家希望自己收到的，是陰性的檢測結果。但忽然有醫護員來找人，找了三四個人問：Are you Mr. Hunter?

真搞笑，派手帶時不即編配座位號，那醫護無功而還，另找多一人來巡查了！

抬頭望機場大堂頂上那些鐵架，真似一個大囚籠。

中午十二時，職員換更，我們也取得清水、麵包和餅乾等。我問：有結果了麼？職員搖頭說不知！又有醫護人員來核對名字和抗疫手帶號，之後又是等待。

找那 Mr. Hunter 的事，結果前後由一人到三人，大半個鐘才找到，此安排徒浪費人力物力！

看一看，手機沒電了，但充電區有很多菲律賓人，姊姊搖搖頭，叫我還是不要去了，靜靜休息吧！

我苦等了九小時後，太陽都下山了，倦怠地去水站再取水，幸好此際醫護人員再來核對名字，告訴我和姊姊：結果是陰性，你們走得！此時已六時了。

沒有感染，一天光晒！真好，但我們沒感到特別高興，因為現才去取行李，之後今晚起，要在旅店隔離十四天！

坐大巴去到酒店入住，已是八時，酒店的接待員，隔著口罩對我們說：在這十四天內，你們不允許踏出房門，到走廊也不行的。

有點後悔沒在入酒店前先去超市買些麵包水果，他說，你們要叫晚餐要盡早了。他交了門匙給我們，說這電子門匙只能開一次門！

真誇張！原來一旦外出了便失效，也不能再進入房間！保安真嚴。酒店每天會送餐及所需的換洗物品，但不會清理，所有餐點或垃圾要放於房門外交接，自取，因被

隔離者不得與他人有任何接觸！

「嘭！」關上 1017 的房門之一刻，我們與世隔絕了！

肚餓？算吧，反正沒有任何胃口。

「叮噹！」劍橋的好友第一時間傳來微訊問候，幸好有互聯網。

倚梅說：「只要心情好，去哪裡都開心。美麗的東西等著你……今年的炎夏遠去了，這幾天一雨成秋。落雨濕濕是有點麻煩。回港隔離要有充足乾糧，留在房間也有寄託。享受寧靜，繼續創作，給力！靜待佳作。」心中有點感動，也忘了飢餓了。

「叮噹！」幺妹又傳微信來。「睡得好嗎？你們可以寫隔離日記，記住要在房內做下伸展運動呀！」

姊姊說：「對呀！正是閉關寫作的好時機。」

小時候曾因頑皮反鎖，被隔離在密封的房裡一小時，惶恐大喊，至今難忘。想不到現竟不得外出，受困沒自由，簡直如坐針氈！

但回頭一想，人身沒有自由，腦袋可有自由呀！小室囚住我們的人，但囚不住我們的心。看看窗外，九一一晴天到港，只隔離九小時，不似有些人因下午機到，要在機場等十二小時及過夜這樣狼狽！扭開電視，天氣預告九一二起連續多天行雷下大雨！我們何幸！

早睡早起，真的！翌日天空烏雲片片，下完一場又一場驟雨！人生像童話吧？我的思緒可乘著雲雨邀遊囚室外的萬里去闖啊。

想起曾受冤案被囚於域多利監獄的詩人戴望舒，他在

獄中仍題詩，相信囚牢只可困著他的身體，絕困不了他的心！他心靈仍可自由飛翔，隨詩歌飄到遠方！

　　每天早操、寫作、運動、吃東西、看看電視或影片、覆微信、看書……這就是隔離日子的一般日程了。

　　本以為沒有活動，會無聊悶悶的不知怎樣才過一天，原來這樣敲著、敲著鍵盤寫作，不知不覺已大半天了。

　　「給你看以下短文，及隔離禁足寫好的一篇啦！」我把文章傳了給劍橋的倚梅。

　　秋日午後，她說正在追看我們介紹的韓劇《愛的迫降》！

　　「好看呀，可以一口氣看下去真棒！有時緊張到連吃飯也不吃！因為要集中精神追劇，我們盡量控制自己，一天只看兩集，否則失控。我們在英國看韓劇只是初哥，但深深感受到它的威力。」梅說得激動！哈，我們也多麼似被迫降呀！因疫情迫降囚室！

　　在英倫時我剛開始看科幻韓劇：Alice，多麼希望我也能像劇中女角尹泰伊那樣，一瞬間可穿越到另一時空啊！

　　我房號是1017，諧音像隔離一切！但姊說：是不另隔離！

　　哈，數目也可各有解讀，對於隔離，不同人可以有不同的解讀和心態，有人會無聊睡懶覺、有人埋怨，而我自己就選擇要充實每一個隔離的日子。明天我已安排為陳守仁的小學生舉行故事創作的線上直播教室，與小學生分享創作心得和樂趣。而姊姊亦在線上教成人課程。手頭的電

腦真是好幫手！

這段日子，倚梅常看姊姊和我的文章，常不忘回應。她說：「你們的作家本色，隨時發揮。說得對，起碼腦袋有自由，用筆記下來。我沒有將我的腦袋記下，任由它自由奔放，發白日夢！謝謝你們在『囚』的分享。帶我們遊走於書叢間。很是喜歡你們的大作。」

知己良朋的鼓勵特別受落，我倆雖然被隔離在斗室，行動不得，一切似被動受困，但其實我有自己的好選擇。

紅霞風暴已經過了香港，風雨令秋意更濃了。我始終相信，無論自己身在何處，無論世界如何風雲變幻，只要我的內心仍指向真善美，親近文學藝術，就會助我抵擋困惑，掃清陰霾，走向美好光明。

寫於隔離九天，二〇二〇年九月二十日

人生線上 /
二〇二〇年沒有空白過

二〇二〇這一年，因新冠病毒侵襲，人人困家中，不少活動被迫停擺，有朋友翻日記冊，驚說：這一年的日子都空白啊！但我覺得疫情只能將個人的活動範圍困著，心是自由的，仍可以通過網路雲端，去學習、去思考，去完成許多事情。

二〇二〇年十二月，我有幸參加了由清華大學與香港文聯合辦的香港文藝界人士培訓課程，由十二月七日跨年到二〇二一年的一月七日，我上了超過六十小時的直播和錄播課，並參加了小組研習及討論，寫報告論文。此課程令我可專注修習有關國家文化發展戰略與香港機遇專題，不同層面的課程開拓了我的視野，備受啟發。

在課程開學致辭中，有人說疫後更需文化品味為心靈帶來平靜，他還提到香港電影，如《葉問》在佛山拍攝，香港與內地可建立更多聯繫，相信未來有更多發揮空間。我聽著有感香港近年在很多方面頗顯停滯，此時此刻應謙虛學習，奮起前進。

此課程的錄播課是自由選修的，我完成大部份錄播課，包括互聯網與新媒體創新、科技創新驅動發展、文旅融合的趨勢、中國傳統文化傳承與創新、粵港澳大灣區高

品質創新生態系統建設等課程。在不同課程中，我認識及驚喜於國家的數字經濟如何在疫情下能逆勢增長，大灣區及科技的高速發展邁入大數據時代，加深對國家的文化科技等發展政策和趨向的認識，這些開拓了我的眼界，也令我不禁對友人說：若你仍是或總是沮喪而停步，你不但在二〇二〇年空白地走過，你的二〇二一年也就能斷言沒有空白的嗎？

　　從來，時間不為人而停步，若我們不想白活，那就要充實及努力吧。

　　「粵港澳」同根同源，隨著大灣區融合發展，內地正在大力培養科技人才，有些港青卻常常抱怨沒有機會，若他們能夠更加放開懷抱，勇於把握這個機遇，努力奮鬥，總不會懷才不遇的。

　　回想起來，於日本東京灣及美國三藩市灣區，我都曾留下足跡。在東京留學時，曾到東京灣的台場任兼職翻譯員，在玩具展、時裝展以至珠寶展國際展覽場館，為來自世界各地的買家、觀眾翻譯過程中，我看到創新科技玩具，日本時裝人對品質的精細要求……又有一年，在加州柏克萊修讀電影的朋友邀我旅遊，我也有機會到三藩市灣區一遊，那裡是電影、電腦動畫產業蓬勃發展之地。有一次聽理工大學校友許誠毅分享，他當年在荷裡活夢工廠，得到發展設計事業的空間，後來創造了史力加這動畫角色，再回到亞洲，創造「胡巴」及做更多與華人有關的事業。這些直接或間接的灣區經驗讓我啟發甚豐。

　　縱觀粵港澳大灣區好環境，實為文化人提供一個相對

寬鬆的氛圍去創作，多元的傳播環境讓好作品擁有更高能
見度，為更多人所知。這一前景是非常樂觀的，可期盼性
也大。而我的願景就是要做一個大灣區文化人，也寄望港
青們放遠眼光，多走多看。

冬天的童話

　　安徒生曾在他的自傳中說：「人生就是一個童話。充滿了流浪的艱辛和執著追求的曲折，我的一生居無定所，我的心靈漂泊無依，童話是我流浪一生的阿拉丁神燈。」今年冬天，正是許許多多心靈感到極艱辛和無依的冬天，不是天氣寒冷所致，而是新冠病毒持續肆虐令人心寒，惶恐無依。我們多麼渴望尋到賜給我們力量的童話神燈啊！

　　今年冬天，特別令人浮想及追求童話中暖慰人心的溫情。

　　本來，我的姨甥去年高高興興預訂了結婚宴席，打算這個冬天，與另一半舉行夢想中的婚禮，但因疫情無奈要取消婚宴了。幸好他父母在家中為一對小情人舉辦溫馨的家宴，至親為他們送上祝福，希望他倆得以像童話中的王子公主般快快樂樂生活下去！

　　本來，我打算今年冬天，出發到聖誕老人的故鄉，像繪本中的聖誕小熊一樣，嘗試協助聖誕老人送禮物，以滿足童年美好的願望呢。但疫病勢頭太強了，把人困在斗室無法外遊，幸好我還可閱讀和創作童話！

　　在南方成長的我，成年以後才有機會真的在冬天見到下雪。第一次遇見白皚皚的大雪是在日本的秋田，在寒假時，大學的宿舍十室九空，我便寄住在秋田獸醫的家。初時實在不適應，刺骨的寒氣一沁入心，便思鄉起來，但

回想那段日子，獸醫先生每天對動物說話，安撫即將產子的牛媽媽，我膽粗粗協助為牛接生；在大雪下我們還玩雪球、合力砌圓圓的雪洞，然後在雪洞中燃點小小的燭光，燒日本米餅來吃，身在雪洞竟不覺冷呢，這一切簡直是可愛的童話啊！

　　冬天的童話，總給人送來暖意。床頭這一身雪白絨毛的聖誕小熊，仍是那樣甜甜的笑著，牠的笑容使我思緒飄到那一年冬天，我和醉心於媒體創作的朋友，把一套美國和日本原創的「溫情童話寶庫」繪本的錄像版引入香港。此系列包括《聖誕小熊》、《黃帝與夜鶯》、《牛仔阿標》等童話，我翻譯中文版，並找明星名人如蕭芳芳、周潤發、張灼祥、車淑梅、何紫來作故事講述，專業的配音，繪形繪聲。芳芳講小熊在裂開的冰塊上大叫救命，周潤發以輕鬆的聲調述牛仔精神，具童心的張校長幽默地說明小笨象其實不笨……而我們幕後人忙得不可開交，但一群愛新鮮事的藝術發燒友熱情高漲，非常投入製作，結果製成的作品很出色吸引。在當時，繪本閱讀仍未普及，這樣的多媒體式繪本更是前衛的作品了！日文版的製作人欣賞香港團隊，他把唯一宣傳用的小熊毛公仔送給我。那一年冬天，因為童話，我們內心理想是那麼滿滿沸騰呢。

　　我第一次因工作出差到巴黎那一個冬天，心情異常興奮，想起將到花都巴黎，觀看世界名師的時裝表演，想著想著竟然錯誤地登上了去倫敦的夜機！幸好空中服務員迅速應變，安排我立即轉機。當我從緊急出口的垂直鐵梯一步一步向下退時，真是步步為營，驟見滿天紫霞，冷風

吹來，我迷濛的意識開始覺醒，我清楚知道此行可不是鬧著玩的，要提起精神工作呀！第二朝清晨五時到了巴黎，睡眼惺忪，便匆匆忙忙趕去開工作會議了。九時正，我要去會合我的客戶訂貨，下午趕到時裝會場取資料⋯⋯對我來說，這確是開始打拼工作的、難忘的冬天！多少營營役役、忙得天昏地暗的日子過去了，我問自己，我的美好童話已不復存在了麼？

在受挫和沮喪的日子，姊姊傳來雪萊的詩句鼓舞我！冬來了，春天還會遠嗎？

這些年每逢踏入十二月，有一件事我就會像童話儀式一樣開始進行，我先買一本自己喜歡的日記冊（日本文稱為手帳），也許因為曾在日本留學，看到每年日本書店推出的手帳，有我喜歡的龍貓卡通，或設計時尚的日記簿，五花八門，大開眼界。內裡還附有可愛的貼紙，到了重要的日子像生日、畢業，可以在當天的格子上貼一個醒目的貼紙，真是超可愛呀！畫家朋友朗寄給我她設計的貼紙，我喜歡極了，即貼在新手帳上，並寫下一些自己的新年目標。

也許是受日本同事這個習慣影響，我覺得年結和年頭的目標設定，可以令自己收拾心情，啟動新一年向目標出發，有激勵自己的作用。

我跟姊姊說，二〇二〇的疫情這樣反覆，新一年不是沒有甚麼希望嗎？

姊卻說，第一波後有第二波，不就過了？現在第三波後又來第四波，何必太過慮？不也就會過去嗎？

甚麼事，也會捱得過的，香港人的春天，始終會來的呀！

記得嗎？那個寒冬在黑龍江書寫雪中情，我們穿梭於哈爾濱的冰雕展中，在晶瑩亮麗的冰雕大城堡，赫然見到角落一小片冰塊，前面扁圓的頭，後面彎彎的尾巴，它多麼像孫幼軍筆下的冰小鴨啊！是啊！即使這麼細小的冰小鴨，仍時刻保持希望，冰小鴨對春天有無限憧憬，期待看到春天，即使最終冰小鴨可能會因春日的暖陽而融化，他一直堅持，保有一顆赤子之心，相信美好，這支撐著他，面對生命的難題，我們要能像冰小鴨一樣執著追求，有信心就有希望，希望在明天在明年，而有希望，有願就有力！

牛年時光錦囊，
放置甚麼？

　　牛年伊始，走過大學寂靜的校園一角，被一個銀色大三角形金屬盒吸引了。那兒正在展覽重開的時光錦囊內之物品，這個錦囊早於一九九四年設置，置放了對這大學有紀念意義之物品，藉此為當年留下獨特美好的回憶。已經超過四分之一世紀，很多東西都顯得殘舊了，像手提電話及電池、年鑑、相片等，但卻反映了九七前那年代的面貌。其中我特別留意有本學生寫的「願望冊」，共有五十二名同學留言，字跡有些模糊了，但可看出當年學生的青春志氣。

　　修讀資訊系統學的義華這樣寫他的三個願望：「每個人能活出生命意義。中國人能穿得暖、吃得飽，並國富強兵。志願：把生命力化作建設社會大眾之上。」

　　另一位同學寫：「我只希望當這本記事簿在二〇二〇年重見天日之時，亦是本院校學生成就驕人，社會地位超然之時。」

　　但另一位的字跡有些看不清，最後一句是：「廿年後我會是龍還是蛇呢？」話語中雖然似有點不肯定，但年輕能自省就好。

　　我真欣賞這些學生率真美好的想法，對未來有期許和

正能量。

我想，在歲末歲始，在這疫情顛覆世界之際，踏入辛丑牛年，若我們在雲上，也有一個牛年的時光錦囊，該放置些甚麼呢？

也許，二十年後，三十年後，當我們打開它，會看到這個時光錦囊藏著二〇二〇至二一的特別歷史記憶？新冠狀病毒的？或會否藉此見證到這個飄搖年代的人事？

我想，如果我也放置一本小冊子，我一定會寫下美好的祝福和願望，收進這個牛年的時光錦囊裡。

我想祝福香港作家網絡版，牛年它迎來新歲生日，可喜可賀！它必定寫入香港作家聯會的史冊！

一個文化團體要建立一個網不太難，但要成為充實和運行活躍的平台，卻有賴具魄力和凝聚力的會長及編輯團隊的堅持和努力。二〇二〇年初，香港作家網絡版在疫情籠罩的陰影下建立，積極徵稿，我熱愛文學創作，身為其中作者之一員，對網絡版的期盼非常大。現今的電子時代，社會上事事運行速度快得我們來不及想像，若文學人仍固步自封，一定趕不上時代了。所以我每一期都投稿參與，做個勤快的網中人。網絡版給創作人提供了一個好平台去創作和交流，怎能不支持呢！二〇二〇年每一期的特輯主題，包括在春天的路上，逆境下的城市風景，相約今夏，逆境下的日子，今秋心影，不一樣的冬天。文章豐富紛呈，多層面多角度映照這疫情下異常的人心、景觀，是這一年難忘的人和事，這是歷史的深刻印記。

我特別欣賞張志豪主編的「作聯點將錄」，向大師學

習及對已逝的作家緬懷致敬，此欄的內容很有重要意義，我們讀到文學前輩的大氣魄、眼光、視野，及堅韌的文學精神，值得我輩敬仰學習。

想起魯迅名句：「橫眉冷對千夫指，俯首甘為孺子牛，躲進小樓成一統，管他冬夏與春秋。」希望牛年新氣象，疫情快點過去，不管春夏秋冬，相信疫後我們更需文學文化給予心靈平靜、精神滋養。祝願網絡版宏圖大展，稿約不斷，並令我會作家的好作品於雲上有更多能見度，面向大陸及海外廣大的讀者，並且有機會出版就好了。

至於我個人美好的願望：我覺得可有幾個小願望加起來，說具體一些會更易實現。

有人話疫後遺症是人變得懶惰，所以，我首要願望充實每一天，珍惜光陰，讀我愛讀的書，致力做我應做的事。由去年十二月跨年到二〇二一年的一月初，我有幸參加了由清華大學與香港文聯合辦的培訓課程，每天忙碌聽課，非常充實！每一課我都得益良多，大大開拓了我們文化人的宏觀視野，令我很有感受和啟發。

我期望新一年自己有更澄明探索的眼睛，爭取更多機會，多走多看，加深了解中國內地的文化科技及文化產業等大發展。在這次課程中，其中一位教授講及以前他是看香港電影長大的，覺得香港電影厲害，帶領著整個東南亞，大陸也深受香港文化如金庸、周星馳等的影響。但可惜香港近年在很多方面頗停滯，我身為香港人聽著，真感汗顏！近年大陸出品的電影很多都吸引我，像哪吒、姜太公動畫片令人耳目一新，劇情片出了《鬥牛》（黃渤演）、

《奪冠》（鞏俐演）等引人深思的電影，蕩氣迴腸，寫實動人，發展成績驕人。即使說生活文化，例如廣州仿香港的港式茶餐廳，亦布置出創意。近看朋友的微訊，新港式茶餐廳的綠白格懷舊風場景，復古裝置，以至加入新意的特製菠蘿包，為餐廳打造新內涵，令餐廳人氣大增，前來打卡的遊客絡繹不絕。港式茶餐廳重煥生機，正開展文化產業品牌呢。

我覺得內地尤其大灣區的生活文化各方面正積極起著很重大和美好的變化，在疫情下反能逆勢增長！香港人此時此刻，不應怨天尤人，反應要謙虛多多學習，奮起前進！

隨著粵港澳大灣區這在中國最發達、國際化程度最高的現代城市群的發展下，香港應如何對應？

本港既置身大灣區，對香港文學發展前景有何推動力？香港作家又應如何作出回應？可以發揮甚麼影響力呢？

我有一位退休的校長朋友在大灣區置業了，微信來說，幸好去年底專程返回廣州，生活才有了生氣！他說香港悶，因身居處廣州，外出所見，發覺附近變化很多，珠江花園外那條沙溪大道，由四車道擴闊至六車道，（更接近完成，完工後將不再塞車），沿路向西行數分鐘，便到他常光顧的西橋飯店，雖因疫情結束營業了，但立即又由更高級，更聚客的道谷有機食府取代！

啊，真舊的不去，新的不來啊！事物如是，我覺得思維亦該如是！

　　他微信陸續報喜：「毗鄰的十八號線沙溪地鐵站正天天趕工，要趕在二一年六月底通車，這線是最新型的地鐵，時速最高可達百餘公里。北行約十二分鐘可到廣州東站，南行約十八分鐘可到廣州最南端之南沙自由貿易港，因速度快便有利通往別的城市，現已計畫並開始動工！由南沙延至中山市，數年後，原來可由廣州東站坐地鐵一小時就直達中山！」這位校長朋友不但微信我說，還傳來現場生動視頻，一看之下，竟掀起我的志氣來，一發不可收！我一邊細讀這位見多識廣的友人傳來的資訊，腦海隨之升起在大灣區置業的大想頭了！

　　不只是一種置業想法，於我而言，確也是大想頭哩！因為腦中已停不住地想起了英國名作家羅德爾達爾的故居博物館，日本落合惠子蠟筆繪本屋，上海兒童文學名家秦文君的小香菇之家，是集華美與童趣的公益性少兒閱讀會所，也曾為我們舉行牛奶巨人讀書會；還有浙江武義的湯湯童話屋，饒遠童話屋等，都是作家的童話式文化建設工程呀，定期舉辦富童趣和創意的活動，推廣兒童及少年文學，有助國家文化建樹哩！國內每年有童話節，創意比賽，展覽會等，如神筆馬良的家鄉，名作家洪汛濤的兒子畫千，就為延展父親佳作而做了很多配合活動，塑造出一個馬良這經典童話人物的文化品牌！

　　我呢，心底也很想打造一間童話小屋，以前做 Rabbit Ears 溫情童話精品繪本光碟時，這個童話夢就悄悄入夢了，這項文化事業，可否今年牛年奮耕，可以圓夢呢？

　　我心中這一個小小的理想，或說是一個夢想吧，盼能

像那位校長朋友般，先在大灣區投資置業，作為起步！我想設立我和金英姊姊的小珍珠英明童話屋，得以把英明勤耕創作之童話及繪本文化，宏揚真善美愛，為下一代美好心靈，精神志氣，作出實實在在的創作！

內地正為城市立傳，我期望可在國內城市如廣州，多作翻譯、寫作、出版之工作，好讓我和姊姊的童話及創作，有更高能見度，為更多大眾青少年所愛閱讀及認同。像我這樣一個對文學創作熱誠的文化人，這算大想頭嗎？

我心中最大的期望，是大灣區文學（香港要是出色的一分子呀）好好發展，能更廣泛地與世界接軌，學如逆水行舟，不進則退！我們勿妄自菲薄，佩服人家之餘，讚嘆他人之餘，也要有自家的文化自信！我感慨宅家怨天尤人的人，想想臨淵羨魚，是否需醒神反省？不如退而結網呢？

牛年，讓我們重新立志，鞭策向前，牛年進步吧！共勉！

深深的情思、綿綿的謝意

感恩父親

父親節是一年中特別感謝父親的節日,配合這日子,我在小學的讀書會和孩子分享父愛主題的圖書。選書是由作家黃春明著,配以繪圖的「名作繪本」《兒子的大玩偶》,兒童自己大概不會選此書來讀,卻正好於讀書會作深入閱讀。

雖然這書述說的是早期台灣小鄉鎮一個卑微小人物謀生之故事,但現今社會同樣生活艱難,同樣有像阿龍的爸爸坤樹那樣,為了生活和家庭,四出奔波工作的爸爸。故事中,坤樹的工作(裝扮成廣告人穿梭街頭,為老闆宣傳)雖然辛苦,但是每當兒子看見他,他會對爸爸笑,而坤樹見到兒子的笑臉,便開心得忘卻一切辛勞。可惜坤樹在他兒子心目中,原來真的只是「大玩偶」而已。為了一家溫飽,坤樹不管工作是甚麼,都承受下來,默默忍受生活的磨難、別人的歧視。真是難為了爸爸!現實生活中,不少父親笑著給孩子溫飽或物質金錢的背後,同樣默默承受來自生活,來自社會的壓力和辛勞。

在讀書會上,我著重帶引學生分享對父愛的感悟,一邊欣賞故事,一邊好好體會人物的情感變化,再引導孩子

說說自己的經驗。我把一個真實的好爸爸陳𥤙校長的故事與孩子分享，他妻子因病逝世了，這位一向為逾萬學童義務補習的好老師好爸爸，要扛起三個子女的學費和家庭的開支，但他一力承擔不畏懼。同學們靜靜地聽陳校長的故事，眼裡閃著感動。我期望讓孩子知道，這樣的閱讀體驗是令人感動的事。我又延伸請小朋友任小記者，試試返家後訪問爸爸，聆聽爸爸的心聲，製成父親的小書；例如問爸爸的工作做甚麼，有甚麼困難，希望和目標？還有，身為子女可以怎樣感謝爸爸？可以做些甚麼來給爸爸打氣呢？

而我的父親是本很好的大書，他的生平也在我記憶中平鋪開來，好像一頁又一頁的書頁，書香散發，我在翻閱中一次又一次再細味爸爸的愛，感恩我父！

追思老師

在梁秉鈞教授（也斯）追思會上，很多友好和學生都深情發言，其中許子東教授引述也斯在過世一個月前給他的短訊，內容除簡單提到自己的病況外，最重要是表達關心說「教書是高危工作，你要小心身體」等句，相信所有老師聽了，都會有很深的感慨。

現今的老師，工作繁重壓力大，不只是授業解惑，不只教書那麼簡單了。就好像也斯老師，他有多重身份，除了講課、指導學生寫論文外，原來還擔任過大學學生服務中心的工作（仍未計他是詩人、作家、翻譯家的身份），推動舉辦文化節，帶領學生到內地考察交流等。雖然也斯

自嘲在做「高危」工作，他生前一直是那麼毫無保留，盡心盡力地為教育、為學生付出和工作。

能與也斯老師在同一天空、同一校園生活過、學習過的同學，何其幸運！

追思會上一些畢業生、學生都真摯地說悼辭感謝也斯老師，其中《書寫香港 @ 文學故事》一書的編輯強調，也斯極力想促成此學生論文集之出版，讓世人知道這群熱愛香港文學的年輕人正在做香港文學研究。也斯老師期望出書鼓勵學生，繼續踏實研究下去。最後一個研究生哽咽地說，自己去探病時，彌留之際的老師，竟掛心於要為她的研究論文「傾下」和簽名！在這追思哀傷中香港老師可有啟示：桃李滿門的也斯讓我們了解到，為學生辛苦的工作不會白費，用心建立的師生情，某時某日一定會給那些年輕的生命溫暖和鼓勵，也會在那些青春的心靈裡，開出朵朵璀璨的花。

人是感情動物，教師和學生之間，可建立深厚情誼。我相信，師生之間，存有一個崇高的情感境界。師生關係是文化生命的延續。《愛的教育》書中寫一位老師，在她房子的壁上，掛上她所教過的孩子的相片。她病了，對學生說：「我預備將來死的時候，看著這許多相片斷氣。」若能遇上一生承教的好老師，真是大幸！

也斯老師，請放心吧！如許子東所說，人生這列車你雖下車了，但你為世上、為你的學生留下很多很多意義。

抗癌阿姨

母親的摯友崔阿姨抗癌病數年，上週突然逝世了。

母親在一週前才剛與崔姨見面打牌，閒話家常，如今忽然天人相隔，母親頓感人生無常，又再想起兩年前我父親猝然離世之悲哀，難免傷感。本來在節日中愉悅的心情，轉瞬變得愁雲慘澹，我便陪著母親到崔姨的喪禮。

殯儀堂上坐了很多老人家，都是崔姨生前的老友，可見她人緣極佳。各人細語閒聊，說到崔姨常講笑過一天賺一天，雖能以中西合璧各種藥物維持存活數載，但身體上承受的痛楚確難以言喻，既能享八十高壽這樣離開人世，總算是一解脫吧！母親問候其他老婆婆之際，幾個人都皺眉嘆息，我了解到各位老人家均面對著年老和病疾之苦，各人有苦自己知。而大家預計下次見面，可能已是另一好友的葬儀吧。

在耳邊嗡嗡迴響的誦經聲，把堂內眾人的思緒都帶到種種回憶中去。我想起兩年前崔姨前來我父的喪禮，還握著軟弱無力的母親雙手，安慰她，為了子女，要堅強活著，不可讓孩子擔憂。

那個四月，我陪母親去拜祭父親時，因崔姨的父母靈位也在附近，便約她一起前往。母親眼淺，忍不住在靈前灑淚，崔姨勸母親勿過分傷心，要樂觀向前看。如此正面鼓勵的說話，由面對癌病的崔姨說出來，令我深受感動，真感謝她一直鼓勵母親，令慣了依賴的母親稍為堅強起來。母親雖有腳痛之疾，但身體仍算健康，就不應常想悲

憂負面的事了。

崔姨的女兒給我母親送上一顆閃亮的水晶珠吊飾，說是她媽媽親手造的，給好友留念。我記得崔姨生前愛親手造水晶珠飾物，她說那會讓她專注，常常活動雙手，便忘記病痛。她手藝精巧，她之前送贈的小小聖誕樹和水晶壽桃仍放置在我家飾櫃上，閃閃生輝。

這些崔姨的軼事，我特別印象深刻，相信這是崔姨留給大家最好的啟示！

結緣翻譯文學

記得二〇一二年八月，我們到東京出席亞洲兒童文學大會，與中尾明先生暢聚，並同台為一場論文發表會擔任主持，還相約兩年後再一起到韓國慶州參加下屆大會……想不到東京一別，竟成永訣。那年十月初，傳來中尾明先生已逝世的消息，教人無限惋惜和懷念！

光陰是如此悄悄地，無聲無息地溜走！回想十多年前，初認識這位頭戴素色帽子，胸前常掛著照相機的前輩老師，是於台北舉行的亞洲兒童文學大會上；文學愛好者結緣真是奇妙，大概也因為我會說日語，常義助為中尾明先生任翻譯，傾談起來，有一份說不出來的親切感。那次會議結束後，收到中尾明先生用美麗的信箋寄來的信和紀念相片，老師的熱誠，令我們很是感激，那數幀拍得特別美的相片成了我們的珍藏。

後來，中尾明先生和兒童劇專家五十嵐秀男先生，受邀首次到訪香港，出席了香港中央圖書館舉行之兒童戲劇

交流講座，和在沙田大會堂舉行之「童詩童畫」比賽及評選會。中尾明先生雖然不會說中文，他任評選委員時，對小朋友充滿童真的繪圖十分欣賞，經我作即場傳譯，他給了參賽者很多寶貴的意見和鼓勵，頒獎時大家都踴躍要拍合照，這一切都深深留在小朋友和我們的腦海中呢。

中尾明先生最令人敬佩之處，是他把人生很大部份時間獻給了他熱愛的日中兒童文學美術交流事業。早年的交流活動，是在艱難的環境中發展而來的，中尾明先生是其中一位凝聚日中兒童文學和藝術家的核心和重要人物。因為他積極的推動和貢獻，日中兩地的文學家藝術家得以有更多相互交流，互取經驗的機會，我們也藉此認識許多文學同行及建立珍貴的友誼。在中尾明先生的大力鼓勵和引線下，我和潘金英合編並出版了《大自然禮讚——亞洲童詩選》，收錄中、日、韓詩人的作品及譯詩，期望也能為亞洲兒童文學交流獻出一點點綿力啊。

中尾明先生著作甚豐，其中他獨創的兒童推理小說「龍太和久美的偵探系列」特別吸引我，在嚴謹巧妙的佈局下，可愛的小偵探發揮智慧，一層一層地撥開疑團，除了充滿鬥智的趣味外，還蘊含待人處世的啟示。我抓緊機會介紹了台灣出的譯本給香港的讀者，其中《拼圖的貓眼在哪裡》一書旋即登上受歡迎好書榜呢。

記得二〇〇六年 IBBY 大會於澳門舉行，我亦義務成為中尾明先生、中由美子、成實朋子及河野教授等日本朋友的嚮導，於會議後，我們結伴共遊澳門的世界歷史文化遺跡。那些愉快的時光，至今歷歷在目，恍如昨天。

　　可敬的中尾明先生，您光榮地完成人生的旅程了，願您此去如歸故里，您對日中兒童文學美術交流的貢獻我們永遠感謝。您的音容事蹟，我們永遠懷念；我們會秉承您的精神，努力延續兒童文學美術交流的事，讓這美好的事一代又一代承傳下去。

兒童文學·
照亮童年、照亮世界

「我是潘金英姊姊的妹妹……」小時候，我這樣介紹自己。

「我是來自香港的潘明珠，『潘』是像鬥一番的『番』字，『明』是中森明菜的『明』……」在東京讀書時，每次介紹自己，都要把漢字解說一番。

如今，到中小學演講，我向青少年兒童們說：「我是熱愛寫作兒童文學的潘明珠……」

在我的生命旅程，到過大大小小的港灣，遇過各種各樣有意思的人和事，最奇妙和最感幸運的是走進兒童文學的美麗花園。兒童文學，照亮了我的童年、少年，也一直照亮我的心靈世界。

童年·插上夢想的翅膀

小時候，我家九口住在大角嘴海旁的大廈小單位，父母辛勤工作才能糊口。家中沒甚麼玩具，但父母都鼓勵我多讀書，自小和姊姊都很愛閱讀。我們有兄弟姊妹五人，生活上沒有甚麼零用錢；我和姊姊都不夠零用錢買童書，放學後便常流連書局看童話故事：青鳥、星孩兒、雙生小兄妹、頭髮樹、石像皇后、愛麗斯夢遊仙境等，在我倆小

小的心靈裡有無限幻想，有說不出的逸趣和滿足。喜愛兒童文學是那麼自然的事，大概是源於我們對真、善、美、愛的嚮往，創作兒童文學，亦源自那平淡清貧童年時的渴望。

童年時，我和姊弟常玩的遊戲就是扮演和自創故事，讀了武俠的故事，便想像自己要行走江湖，在原野策騎奔馳，尋求重要的寶劍；偷偷把媽媽帶回家的手工業膠花鋪滿一地，躺在上面，扮作要在森林中露宿一宵。若給媽媽看見，要挨罵了，便拋出一條繩子，施展「絕技」飛簷走壁地溜之大吉，又把它當作挫折，堅持要竭盡全力繼續尋寶！偶爾，哥哥帶來一些小動物玩偶，我們又說不同腔調，扮演手中的小動物角色，自得其樂，大概也啟發出不少創作故事的素材和靈感吧。

紐西蘭著名作家瑪格麗特・梅罕（Margaret Mahy，二〇〇六安徒生童書大獎得主）在她的作品抒寫一個充滿創意想像的窮家庭，她居然可以在椅背底下找到種種有趣的事物，如一條微笑的蛇、一個擁有藏寶圖的海盜，後來還因此解決貧窮困境呢！同樣地，兒童文學給我平凡的童年無窮豐富的夢想。時光在快樂的幻想中飛逝，日子一天一天過去，我們看書的指標也一天一天提升，由《愛的教育》、《湯姆歷險記》、《蒼蠅王》、《小王子》等童書，到《冰點》、《雪國》、《圍城》、《推銷員之死》、《兒子的大玩偶》、《台北人》、《西遊記》、《紅樓夢》、《射雕英雄傳》、《神雕俠侶》等，中、外文學作品在時、空調度上享有最充分的自由，擁有最豐富的手段，讓我們對人生有

不一樣的認識，我們姊妹倆沉醉其中，非常神往，對創作也躍躍欲試。

由於我們都有幸在就讀的小學和中學裡，遇到了熱愛文學的老師，特別是鼓勵我們寫作的兩位中學語文、文學科老師，他們使我倆愛上了閱讀和寫作。因此，我們都愛泡圖書館，熱愛文學作品，尤其加上我倆喜歡觀察、好奇主動的性格，對生活小事頗敏感，經常留意到別人不會留意的事情，感到一些珍貴的人事，和生命中美好的感受，非要寫下來不可，便開始寫日記、故事，並把文章投稿到學生園地。有時候，我們二人用上新主意「合作制」來寫小說，《暖暖歲月》這中篇小說，就是這樣一章一節相互合作來寫成的了！回想起高中時第一次共同參加的寫作比賽，是突破雜誌主辦的小說創作賽，我和姊姊倆創作了〈籠中鼠〉的小說，對於情節和結局上的安排有不同意見，發生爭拗，於是大家考慮更合情理的寫法，我們會從對方視角深入地看清問題，回到「以兒童為本位」去處理；也能在互動中擦出新火花、新靈感。有趣的是，很多時當我們其中一個把新想法說出來，另一個竟發現那與自己心中所想的，正不謀而合呢。那次共同參加的比賽，出來的結果：〈籠中鼠〉得到好評；我倆的小說創作嶄露頭角，僥倖得到冠軍。突破社長蘇恩佩女士的讚賞及鼓勵，宛如昨天，記憶猶新。她說：「你們寫的故事很細緻動人，也有意思。我將辦一本突破少年雜誌，以後就開筆寫少年小說專欄吧！好好鍛煉啊！」蘇恩佩社長的邀約，從此我們就在其新辦之突破少年雜誌，開始撰寫少年小說欄

了。自此我們在寫作園圃上努力耕耘，後更獲選為「文壇姊妹最佳拍擋」哩。這不能不說是命中注定的寫作緣吧！我和兒童文學的因緣，自此就結上了。

飛向世界的青鳥

如果以一種動物來代表我自己，我希望是童話故事中飛向世界，追尋幸福的青鳥。我常常冀盼改變現實生活的侷限，故一有機會便飛離香港，到外地出遊、留學、工作。我姊姊選擇了教育事業，但我更喜愛活潑多元化的工作（雖然我們對兒童文學的熱愛是一致的）。在東京留學四年後，我學會日文，做過電影翻譯、研究院助理，以至日資時裝公司的「課長」、多媒體製作等。那個時期閱讀較多日本作家的作品，如宮澤賢治《銀河鐵道之夜》、安房直子《風的旱冰鞋》、吉本巴娜娜《廚房》，甚至為了更明瞭商界人事世態與日資企業運作，狂追高陽的《胡雪巖全傳》，以至弘兼憲史的漫畫小說《課長島耕作》。

有好長一段時期工作十分忙碌，有時又飛往歐洲或日本公幹，時差晨昏顛倒。為業務滿腦子要變得商業化，面對異國陌生的刺激和多姿的活動，文學創作都擱一旁，只是斷斷續續的堅持，寫了一些遊歷的文章和看電影的感想或影評等，大都收錄於《站在世紀的彎角》一書中。

曾經有個《星島》報的記者問我，如何平衡商業和文學？忙於商場工作仍有時間執筆嗎？我反思：為何視兩者為對立的呢？所謂理性的商業人，不可以同時保持感性和童心嗎？我因為於時裝公司的工作，有機會接觸綽號「時

裝界的頑童」之世界級設計師歌蒂爾（J. P. Gaultier），觀賞他於旋轉木馬佈景中舉行的新季時裝表演，深受他的童心和創意感動、啟發，更加相信無論任何人，不論身份、工作，每個人內心都要好好孕育、珍愛自己的一顆童心。能啟動這顆童心，在不同藝術、界別也有機會發揮多采的創意呢。

我視忙碌工作期和海外經歷為自己的觀察、探險期。也許因為我喜歡語言，又修讀過翻譯，所以對世間很多新鮮事都好奇，尋索探究，在這過程我遊走多個文化名城或繽紛都會，接觸很多精彩的人事，正好給我醞釀不少寫作的題材。我習慣每天都帶著小本子，記下一些所感所思的點點滴滴，不覺已累積了不少舊筆記本呢。有時我趁公幹途中，都不忘擠出少許時間寫作，如〈嗨！啟德機場〉（註1）一文，就寫於我這小青鳥，鳥倦知還，返抵香港機場之時呢。

文學姊妹‧最佳拍檔

在兒童文學的花園，我一直有個好拍檔──就是我親姊姊潘金英。是姊姊鼓勵我工作之餘，努力練筆；是姊姊指導我、提點我，認真給我評析。我們寫詩、散文、評論類作品，多各自「單打」創作，但寫小說、童話等，如雲姨（作家黃慶雲）所說，我倆是「雙打」的！我們從寫雜誌、校園報的故事專欄到出書，數不清有多少次合作了，《四季摩天輪》所收的童話，有的是姊姊金英所寫，有的是我的創作，也有的是接力合作哩。我們合作定下動物角

色，分頭捕捉題材後，便一起討論童話意念，架構，有了主題，輪流執筆，又一起修改，過程中很有默契啊！尤其是寫小說的合作更緊緊密，例如寫《為夢想找顆心》、《城市天匙的迷思》這些小說時，互動構思，寓寫於樂，可寫得更順暢及有樂趣！

有一次在上海之文學交流會上，中國名作家任溶溶看了我們的童話後，笑稱我倆為香港的「格林姊妹」，並鼓勵我們像德國的格林兄弟般，把童話發揚光大。前輩何紫、張秋生也深表贊同了！

我倆第一本出版的書《太空移民局》，是梅子編輯的，之後，山邊社的何紫出版了我們的《雪中情》，他們兩位都是我們寫作路上的恩師。我們組成雙打式創作夥伴向著目標，努力在兒童文學花園栽種，此後，做出了些微成績，於香港、中國大陸及台灣等地都出版了不同類別的文學作品，獲得了一些海內、外的文學獎項。其中在校園報上寫的勵志小說《暖暖歲月》，很受讀者歡迎，曾在閱讀嘉年華會上，被編成文學話劇，在舞台上演出；更出版了視障讀者凸字版，還譯了日文版。之後的少年小說《超級哥哥》，於香港文學節由大細路劇團公演，受到好評，這也使我們與兒童戲劇結緣，之後到日本、台灣、澳門與劇團文友交流，又寫了一些少年兒童劇本，並獲兒童劇藝小樹苗劇本創作獎等。今年，我們的繪本故事《神奇的毛衣》將由韓國女演員慎惠智以說唱形式表演。

希望相隨・有夢最美

香港童話書市場，尤其是繪本，確是大多以外國譯本或台灣出版為主。這是由於出版繪本的成本很高，而本土市場太窄，當然，本港兒童文學也長期得不到足夠的鼓勵，即使童話創作人，能發表的機會也不多。但網絡時代也帶來新的發表平台。因此，我們開始寫 E-Book 電子童話故事，最初是受廉署邀約開始寫的，現已完成了約二十個中文及數個英文德育童話故事，讓親子可通過廉政公署教育資源網（註 2）上閱讀，從中建立良好價值觀，潛移默化，啟迪小讀者的心靈。此外，我們曾出版《香港大自然系列繪本》，將計劃出版特別可愛的動物繪本系列，會先在國內發行。

在寫作生命中，最好莫過於有朋友同路了。擁有一群志同道合的文友，是人生一大樂事。人生苦短，但文學長存，即使生活有苦有難，我們改變不了生活的侷限，但閱讀和創作的天地卻是無限的，眼界和心靈也是無限的，這是我們可以傳給兒童的，最好最受用的寶物。因此我會繼續寫下去，並繼續推廣文學，和文學路上的朋友多多交流。我曾出席歷屆亞洲兒童文學大會，結交了很多亞洲各地文友。如：林良、林煥彰、張子樟、李潼、許建崑、趙天儀、愛薇、冰子、方素珍、余治瑩、林武憲、徐守濤、嚴淑女、蔣風、饒遠、馬力、方衛平、張錦貽、李在徹、鄭善惠、四方晨、中尾明、田中圭一、若松佳子、城戶典子、五十嵐秀男等。而更重要的是，其中有不少特別投

緣，和我們姊妹續有來往和聯繫，台灣名作家方素珍，馬來西亞名作家愛薇等，每次來港，我們都相聚談文說藝，彼此惺惺相惜。

蔣風教授說過：「凡是有理想和抱負的人，要達到自己的目標，都不可能一帆風順的。儘管我將所有的時間和精力全部投進了兒童文學事業，但我仍義無反顧，終生無悔。」上海著名作家秦文君於演講中說，單是培育兒童愛看書，那還是不夠的，「只有讀了我們的作品後，兒童的視野寬廣了，心靈豐富了，這才是我們的理想。」

兒童文學創作，讓我飛翔在繽紛的童心世界裡，是我的人生美夢。兒童文學巨人啟示我要寫出豐富的生活體驗，我要帶給兒童心靈的真、善、美、愛，我要以文學創作賦予兒童以智慧的啟發，嶄新的、更寬廣的生命意義。讓我為兒童一路創作下去，在兒童文學的花園不斷耕耘，能為中國、為世界而做這樣美麗的事情，是我一生追求的夢；也是我生命中最值得堅持和自豪的事！

二〇一六年二月二十八日於英明閣

註 1：收錄於《美麗的香港》（一九九二），香港：獲益出版社
註 2：http://www.me.icac.hk/icac/ebook/tc/index.aspx

AI 思考，電子創作

　　牛年伊始，迎來電子故事寫作比賽的網上總決賽，今年第二屆比賽的主題是「人工智慧、機器人、愛與和平」。我想人工智慧的發展日新月異，一直在不斷挑戰人類及驅動世界之進步，這確是一個吸引和及時的好主題。

　　湯瑪斯‧瑞德在其著作《機器崛起：遺失的控制論歷史》這樣寫：一台巨型電腦的技術人員對這台裝置日漸增長的威力感到十分震驚；在青少年的創作和想像中，種種新發明的機器人，有超強的功能，貢獻也多呢！

　　此次由廿二世紀協基學堂基金的朱啟華博士策劃的多媒體故事創作比賽，規模擴大了，參與的少年兒童以至評判及義工除香港外，還有來自中國內地、美國、比利時、菲律賓、台灣、澳門、日本、波蘭、韓國、香港、印度和羅馬尼亞等十二個國家和地區，總共約四百六十多名參加者，令人欣喜！

　　活動於去年十二月啟動後，參加的少年兒童先上數堂工作坊，學習電子創作，由於受新冠狀病毒侵襲的影響，活動全部通過 zoom 線上的工作坊進行，小朋友學習如何創作一個故事？並針對主題「AI，機器人，愛與和平」思考；機器人在我們的社會中現在和未來的角色是甚麼？也學習創作電子故事的技術，如何配圖，配聲效等。雖然只有數堂工作坊，大家已開始掌握故事的結構，並寫出有趣

的故事，這是難得的！

由於這是跨地區活動，統一語言為英語，故小作者要學習將故事從母語翻譯成英語，通過活動，也增進了英語的能力。我感到各位小朋友都能認真學習，過程中表現出他們面對新事物的興奮，而且很熱愛電子閱讀和寫作。

二月初，喜見小朋友傳來自創的電子書，內容多樣，色彩繽紛，有寫跟著機器人去未來之旅，或者住在海裡的機器人幫忙吃垃圾，維持海洋清潔；也有想像飄遠，寫一隻身體已沒藏有金屬的機器鳥，因未來發展，機器人的樣子不是硬金屬，已有肉身的樣子；也有人創作一個會寫作的機器人！

想起曾經有人工智慧程式小冰，寫了詩歌，當然很多詩人評小冰的詩還很糟糕，那麼未來又會有甚麼變化呢？

大家都可多多借鏡參考這些少年的電子故事，在場景及情節鋪排上都很吸引，具色彩和畫面感，最重要是故事主題表述他們對人類未來的憂慮和期望，引人反思。

難明日本心？

　　我小時候常常聽爺爺講日本侵華的故事，其中印象特別深刻的，是有關日本的學校教育。爺爺說那時候日本的老師會把中國的美味果品，如荔枝、楊桃等，帶到課室去，對學生說：「你們想吃的話，就要到中國去取，中國有很多的……」所以日本人的腦袋裡，自小已灌注了侵略思想。其實我不知道爺爺究竟怎會對日本學校內的情形知道得那麼詳細，但他講的故事曾引起小時的我種種幻想。

　　日本人向來被認為是很難明白、甚至不可理喻的民族。我一些美國同學，想不通日本人所想的、所做的為何那麼「奇怪」時，便常常聳聳肩膊，攤開兩手無奈的說：「噢，那是因為他們是日本人，就是這樣的了！」但相信日本人的觀念價值斷不會是與生俱來的；怎樣的教育，怎樣的社會環境，都會為人文文化帶來重大的影響。

　　當我自己親身到了日本留學時，發現爺爺口中的所謂「軍國主義」觀念的老師已不復存在。我在美式學校制度的大學研修，表面看來，日本現代教育跟世界其他地方的，也沒有甚麼不同之處。不過，我在一些日本家庭裡寄住時，卻留意到許多家庭的母親，怎樣和孩子相處，怎樣教育他們，發覺日本人學前及兒時教育有很多特點，與他們的文化思想緊密關連著。他們兒時的經驗，對成長後的觀念、個性形成，都有著特別深遠廣大的影響。

我曾經在日本普通農村的家庭寄住過，也曾在一個牧師的家、中學老師的家，以及婦女會主席的家裡生活過，在那些家庭的小孩，從三歲到十二歲，不管男女，幾乎每一個小孩都極端倚賴母親。而母親亦樂意被他們倚賴，不刻意要求或急於訓練孩子們獨立自主。例如吃飯的時候，孩子們不管年紀大小，都是飯來張口的。日本人餐桌上，碗碗碟碟特別多；我見母親忙著做飯，便鼓勵姊姊或哥哥們幫手擺放碗筷等，但他們竟毫無反應。飯吃完了，更不會主動幫忙收拾清潔。自己的玩具玩完了，孩子們也是倚仗母親收拾。已是六七歲的孩子，仍是把小腳一伸，讓母親替他們穿襪子，甚至鈕扣沒穿好，也只知走到母親面前讓媽媽處理。生活上，孩子和母親的關係就是那麼密切，就算不用說話，母親也自然知道孩子們所想的和期待的是甚麼。

這是日本注重「人情」的社會基礎——源於一種以心傳心，緊密的親子關係。

在如此緊密的親子關係中成長的日本人，長大後生活面雖從家庭擴大到社會，但同樣渴求得到依賴。這時就從他們所屬的團體、工作的機構中去尋倚賴。傳統上，日本人一旦受僱於某間公司，便幾乎和此公司建立了終生之約，不輕易離職，全心歸屬信賴它（千禧世代變化大了，日本企業才有轉變）。公司擔任了母親的角色，為職員提供金錢、房屋等所需，有時甚至照顧到其子女的教育等；兩者之間，就是一種親子關係的延伸。

只有建基於這種人與人間相互依賴的關係，才能成立

所謂「人情」的社會。日本社會注重「人情」，人與人之間以心傳心的溝通，所以很多時言語便顯得不重要。美國人常常不明白日本人為何那麼含蓄，在美國一有難題，一定會說出來研究一番，反之，日本人捨面對面談論，而取一種靜態的心靈交流。從很多日本電影我們都可看到這方面的描寫。例如電影大師小津安二郎的作品，對白很少，鏡頭調動也極簡單，但內涵意味卻在靜態中慢慢流露出來。市川崑的電影《細雪》中，雪子和姊夫關係密切，故不用說話，只靠會意。

當我寄住在日本人的家庭裡時，常常聽到主婦對丈夫，甚至對孩子說「對不起」。初時，我只單純的以為這個字太濫用，覺得甚麼場合也說對不起，頗有點好笑。再細心留意，才發覺做母親的對孩子或丈夫說對不起，常常都是因為她猜錯了他們的心意，而感到自己有責任知道他們所想的，和達成他們的願望。這樣才能維繫親子彼此的關係。

日本人對外國人或陌生人說「對不起」的話真特別多，因為常常恐怕會錯了對方的意思。而外國人缺乏他們那種相互依賴與心靈流通的基礎，很容易被他們拒於門外。我自己初到日本時，並不了解日本人這樣的含蓄，對他們常不坦白相告，頗感惱怒。如今想來，單是批評他們怎樣怎樣，並非正確的態度去了解日本文化。每種文化都不是讓我們棺蓋定論是好是壞的，而是要去深入探討和了解。

當然這些都不是甚麼主義或者甚麼明確清晰的觀念，

只是存在於日本人心中不自覺的意識；恆久歷史相傳下來，他們兒時的薰陶以致社會的影響，使它那麼深深地存在於日本人內心，影響著他們的思想、生活行為。日本人自己不會用言語說出來，或寫下來教育下一代要怎樣以心傳心；只是我以外人的眼光看，把它給歸納出來而已。

畢竟，「因為他們是日本人」或「日本人的血裡流著日本的文化思想」，這些評說難免帶主觀及偏激的情緒。相信要了解日本人及他們的文化，若果不接近日本人的心，似乎永遠只能停留在邊緣旁觀，帶著滿腦子疑問的去看他們「奇怪」的行為罷了。

「暑中見舞」的夏日之約

　　謝謝先進的通訊網絡，我和「失散」多年的舊同學聯繫上了。

　　我問美奈子，東京的天氣熱了嗎？

　　她回訊息來說，夏天快到了，好想穿上浴衣，去納涼大會呀！

　　我思緒飄到多年前，我和美奈子穿上日式的白底粉紅藍細花浴衣，偷偷溜到宿舍外，去參加夏祭。那夜相輝的月光和燈影，歡樂的夏日演歌和人群笑語，我們手中捧著的宇治金時刨冰，記憶都彷彿像溶化的彩色冰粒，漸變得朦朧朧的似在夢中。美奈子唉聲說：感覺自己開始懷舊！噢，大概是困在家裡太久了。

　　在大學時，美奈子是我最要好的同學，我們在宿舍又是室友，上學、吃飯、煮吃和打掃房間，常時一起。她皮膚白哲，有一雙鳳眼，笑起來像日本娃娃。她最愛看少女漫畫和時裝書，說溫習和寫論文都不要緊，反正將來嫁得好便是。畢業之後，她果然很快出嫁，一心一意做個傳統的日本幸福太太。

　　美奈子又傳來訊息，甚麼時候可以聚舊呢？但東京的病毒疫情未緩下來，仍比香港嚴重啊！

　　我說，嗯，昨天我夢到吉祥寺了，記得我們讀大學時常到那兒的商店長廊嗎？就在那裡，我夢中有兩個漂亮的

女郎、穿著彩麗的浴衣，木屐蹬蹬蹬的走過⋯⋯

就是我們倆麼？美奈子急急問。

我說，不知道！我只看到她們的背後，她們腰上的大蝴蝶不停在搖曳，我想追上去⋯⋯然後，我就醒來了。

美奈子說，真巧，我也夢見到長廊去，我們倆跑到盡頭的 LAWSON 便利店，記得嗎？我們想買「宮崎駿吉卜力館」的入場券，但當天的入場券已售罄。

我說，等熱潮過去才參觀吧！反正它就在我們大學附近的三鷹，很容易去吧⋯⋯

但，原來世界的人和事，有時似是這麼近，竟會變得那麼遠⋯⋯

是的，有些事情，沒有即時做的；有些人，沒有即時能見的；有些地方，沒即時到訪的，那樣一刻一刻就瞬間過去了，一晃不覺竟已是許多年了⋯⋯也許不會再有機會了！

我說，去年吉卜力有些展品來香港了，我和龍貓拍了合照，寄給你看！

美奈子上次寄給我的「暑中見舞」明信片上，繪了《千與千尋》女孩和煤炭精靈，喚起了我對宮崎駿筆下所有少女初心的回憶。

我們，那少女的留學時代，是多麼沉醉在宮崎動漫的青春時光啊！那時候，我們只知道驚嘆千尋的世界幻想奇妙，像個仲夏的奇妙夢境；其實，少女的故事，就像我們跌跌撞撞走過的歲月，曾遇到過迷失的，有過疑惑和探索，也聽到了青春的呼喚，要我們鼓起勇氣奔向生活⋯⋯

一串串的經歷，都像千尋的成長路一樣，只能向前，無法回頭。當我們長大了，回頭看望過往，才漸漸明白⋯⋯

然而，我們始終不想像動漫裡的千尋父母那樣，變成豬！我們要認識自我、並找回自己的初心，我們仍有夢想！

沉思間，柔柔的民歌聲從手機視訊傳來⋯⋯就是那首「夏天的憶記」吧！美奈子說，近來會聽聽這些老歌呢。

歌聲徐徐訴說著一個炎熱而溫柔的夏日之旅：

> 當夏天到來時，我會想起遠方，
> 尾瀨的天空，
> 我在霧氣中跳蹦蹦走著，
> 一個溫柔的陰影，田野的小路，
> 水芭蕉的花正在盛開。
> 夢中的河岸，石楠花的顏色漸變，
> 尾瀨，多遙遠的天空⋯⋯
> 如果打碎了記憶，多悲傷啊！
> 看看尾瀨，遙遠的天空⋯⋯

遙遠的記憶中，在最炎熱的夏日，我們到了山中湖，晚上仰望夜空，繁星點點。空曠的郊野，漆黑的夜，那是我見過的閃現著最多星星的夜，閃爍爍的真迷人；感覺那個夏季，特別光芒閃亮！

剛到東京留學的我，躊躇滿志，找來宮澤賢治的日文原著《銀河鐵路之夜》來仔細閱讀，有不懂的日文難句，

便問美奈子。美奈子說，她小學時已閱過此書（淺的節錄本），還看了相關的卡通片呀！然後，我豪語承諾，說我想在夏天結束前，把宮澤的書都讀完。

「你將來想成為怎樣的人？」美奈子問，她說自己決定要為一生做好準備，決定一條好的職業道路。

焦慮的未來，我想每個人都會想到一點點。美奈子不能只帶著自己的想法而行。她談到她在學校生活的煩惱，談到畢業後的夢想，和為將來花嫁作的準備。

大抵年輕人都是從少女時代漸轉向成熟時，據說會因腳踏實地而變「現實」，這時就感到困惑吧。困惑和沮喪，總是在年輕、青春年代的失敗和失控中，扮演重要角色吧，也許是因為這種能量，我們才能成長……

而我，只能看到那些你當時看到的，是因為那時的我，和你一樣年輕；你我都有看不見的東西……

美奈子有點感觸，說：這些年，我嚐過東京都各大老店的刨冰了，但在橫濱回來的路上，我停步在二丁目，想買一杯夏之味（僅限夏季的刨冰），現在不再存在了。

「你將來想成為怎樣的人？」美奈子的提問，令我憶起在東京畢業那年的七月，長年積雪的富士山開放讓人攀登，日本人有謂一生必要登一次富士山才算圓滿，大家都覺得機會珍貴，我和同學便相約出發，作為畢業旅行。

我們晚上先到新宿乘旅遊專車到富士山腳，原來夜登富士山是一件盛事，只見很多人一家大小，還有年長的老伯伯和婆婆，都聚在一起準備攀山看日出，我們也跟著浩浩蕩蕩起程了。

　　有些婆婆一邊登山，一邊唱歌；也有些老人家額頭上還束著頭巾，上面寫著「甘爸嗲」（加油！），很有抱著「勇往直上」的日本奮鬥精神登山呢。

　　每到達一個中途站，稱為「合目」，人們就在登山手杖上燒個印，證明已經到了此站。我和幾個同學整夜攀行，感到又累又想睡覺，到了一些斜度較大的山段，兩旁還有鐵索，只容一兩個人抓著鐵索，踏著黑色的沙石攀登前行。我不明白遠看富士山明明是白色的，攀登時才知山上都是這些特別黑色的沙土。

　　我摸黑前行，有時累得腳踏不穩，聽到沙石滾滾而下，在我後面的婆婆喘著氣大叫：「喂，年輕人，加把勁啊！」

　　我心想，這樣的行走攀爬，活像苦行僧朝聖，但我不能停下來，心裡鼓勵自己要堅持向上，證明自己是有能力的。

　　終於！我們到了七合目，大家高舉燒滿印的手杖，滿足地大叫：成功啦！這時，天邊的紫霞漸露，我們靜候日出來臨。

　　其實，我那次攀山的體會，使我知道，當我長大了，即使現實成人社會有不預期的境況，我青春的叛逆和對自己能力的要求，是有一種堅忍的精神，和自信的初心。

　　美奈子，我成為不怕困難的有勇氣的人，我愛我的生活，目前在努力擁抱及經歷著難過的日子，並和自己大力打氣：最終會成功啦！

　　你呢？現成為怎樣的人呢？如果可以，很想相約你再

去東京灣，我們也遇到了「疫境」，也一同努力走過迷惘的春天了。夏日這樣好的時光，相互珍惜吧，祝願我們的生活，夏天閃耀光芒，秋天和冬天一路亮麗平安。

自家製童裝

　　童年的世界大概沒有甚麼色彩，記憶中看的是黑白電視，僅餘的照片也不過是發黃的黑白照。生活就像其他小孩一樣平淡質樸。但記得最令人興奮的，是收到媽媽親手縫製的童裝。這些自家製的童裝可能款式很簡單，手工也不太精細，但竟給我童年抹上印象深刻的色彩。

　　我小時候媽媽每天到製衣工廠返工，回家時，偶爾帶來一些碎布料，夜裡在燈下剪剪縫縫，第二天我便有新衣著了。記憶中有幾套衫，是我的最愛。

　　三歲時穿的連身裙，滾著白領圍邊，第一次使原本男仔頭的我，打扮得像個囡囡。爸爸還叫我撐著花格小傘子，一動也不動讓他拍了照片。後來爸爸還把這照片當傑作，寄了給遠在外國的爺爺看。

　　說到底我性格好動，穿得最舒服的要算是那套白底小藍花純棉短衫褲。衫袖夾很寬鬆，左右袖有細褶，遠看像一對小飛翼。我常穿著它在家和弟弟玩兵捉賊遊戲。因為家裡地方窄小，有一次我們玩互相追捕時，我跳了上窗台，用手攀著窗花當作在爬窗逃走，小弟一手抓著我的小飛翼衣袖，立時扯破了，使我傷心了好幾天。

　　冬天時，媽媽縫製了一條緊身褲給我，用的料是當時流行的原子布，很有彈性，褲腳還有腳帶，很時髦。媽媽說那款式只供出口到美國，香港沒有得賣呢。我最喜歡穿

著這條原子褲到附近的海傍玩。有時坐在碼頭旁的欄杆中央，把雙腳伸出去，幻想自己坐在海中搖盪；有時把自己的原子褲當作跳舞衣，做美麗的芭蕾舞夢。吹夠了海風後，我才一蹦一跳地走回家。

還有珠地針織布的 Polo 衫，粉橙色衫身，左襟上加了個深橙色的口袋，袋上面還繡了小小一個英文 P 字，足見媽媽的心思。我穿著這件衫跟媽媽坐火車到家鄉，一路上雖然舟車勞頓，但我的衫仍一點不縐。鄉下的小孩都說我時髦，穿得像個小紳士，又問我橙色口袋的繡花是甚麼。我便教他們一些英文字。回香港前，我把這心愛的橙衣送了給束辮子的阿柳，因為她天天來跟我玩，又挑兩大桶井水來讓我們喝。

我童年時家境清貧，但我未曾感到過有甚麼缺乏，每次收到媽媽自家製的童裝，我便是又歡喜又自豪地穿上。鄉下的阿柳，天天都穿著灰沉的唐裝衫褲，與她相比，我簡直是多采豐盛呢。

最近因為工作的關係，埋首研究童裝市場，感到現今的小孩擁有那麼多花樣選擇，童裝也講究時款潮流，實在幸福。但願他們也懂得珍惜所擁有的，讓這些多采的童裝伴他們成長，給童年留下難忘的色彩。

童年的黃金時光

　　宅家的日子，時間像淙淙流水，一天一天在指縫間輕輕流過，日子彷彿沒有分界線，媽媽和我細說童年軼事，好像就是昨天的事情。

　　「嗯！你就是遺傳了爸爸愛讀書的性格，看！舊書太多了，來執拾一下，把書拿來曬曬吧！」媽媽說著，便把書櫃上的舊書搬動起來，我看見她辛苦，就上前幫忙，原來一直放在角落的舊木籠裡，還有很多年代久遠的舊書呢。

　　日照映在我手中的舊書，我抬頭望白花花的日光，想起童年那些閒靜美好的日子，我最愛半躺在陽台，一邊曬太陽一邊看書呢……我像打開了時間囊，童年一段段畫面光影，像陽光一樣金燦燦的迎過來……如果要以一種色彩來形容我的童年，那一定是「書中自有黃金」的金色吧。

　　我小時候受爸爸影響，就知道書。雖然香港社會現實，商業金錢掛帥，爸爸常掛在嘴邊說，書是一種很有趣的東西，它比金錢重要，它可以讓我不需要玩伴、不需要出門，就可以獲得很多的快樂和智慧。

　　噢，這本書是爸爸的珍藏啊！從媽媽搬來的書堆中，我留意到有本舊書的封面寫著「開明少年」四個大字，標題是上海銀圓市場，黑白的照片上有很多人在一座建築物前擠來擠去，人群的衣著蠻古老的呢。我問媽媽，這銀圓

市場是否就是現今的股票市場呢？那麼這是一本有關經濟的書吧。媽媽微笑說：「錯了！這是你爸爸和我小時候很喜歡看的圖書呢，主編是大名鼎鼎的葉紹鈞。」媽媽說，她記得看過《古代英雄的石像》和《稻草人》……原來我的媽媽也像我一樣喜歡看童話呢！

我瞧見此書的字體很細小，圖畫甚少，排得密密麻麻，印刷並不精美吸引，紙張也發黃了，究竟它有甚麼魅力吸引讀者呢？媽媽好像明白我，就說：「我們小時候，電視還不流行，更沒餘錢去看電影，所以大家都喜歡看書啊！此舊書不舊，麻雀雖小，五臟俱全，上至科學新知，下至故事笑話，內容豐富有趣，給現今的孩子看也感新鮮呢！」

媽媽說，那時候少年人很關心國家大事，國家是屬於每一個人的，國家的榮辱和哀樂，都和人民息息相關的啊。所以，即使是少年雜誌的封面，也會選登有關當時社會動態的圖片，讓讀者從閱讀中緊貼社會脈動。聽了媽媽的話，我感到舊書豐富也不舊，我自己和少年爸媽那顆愛文學和關心生活的心是多麼相通啊！

「還記得這本書嗎？」媽媽把一本紙頁鬆脫了的英文書遞過來，那書封面繪有四個穿長裙的少女。那正是我小時一看再看的《小婦人》，每次閱讀它都有一種親切感，我為那四個少女主角的喜怒哀樂感動，感到她們像是我熟悉的朋友。

四個小婦人喜歡玩一種扮演遊戲。她們將家裡樓上的一個房間當作聖城，她們就扮傳教士，要闖過種種危險，

才能到達聖城。我和弟妹也模仿，常愛玩扮演遊戲和自創故事，讀了武俠的故事，便想像自己要行走江湖，在原野策騎賓士，尋求重要的寶劍；還偷偷把媽媽帶回家的手工業塑膠花鋪滿一地，設想自己要走很難走的森林，或要爬很難上的山峰。弟弟最喜歡想像說：「呀！森林前面有流沙。」於是就拿出一條繩子，將它的一邊纏在前面牆上的釘子上，施展他空中抓繩遊過另一邊的「絕技」。有時，我們躺在大堆塑膠花上面，扮作要在森林中露宿一宵。若給媽媽看見，要挨罵了，便又拋出繩子，施展「絕技」飛簷走壁地溜之大吉了。我們把經歷當作挫折，仍堅持要竭盡全力繼續尋寶呢！偶爾，哥哥帶來一些小動物玩偶，我們又滔滔說著不同腔調的對話，扮演手中的小動物角色，自得其樂，大概也啟發出不少創作故事的素材和靈感，也因而埋下我愛寫作的種子吧。

翻翻家裡的大書櫃，就知道我爸爸是愛看書的人，小時候，爸爸下班後，即使累了，也會抽空讀故事書給我們聽，從《西遊》到《三國》，從《花木蘭》到《竇娥冤》，太精彩了。我們家雖不是富裕之家，但爸爸不吝嗇給零用錢我們買書。那時候，香港的家附近沒甚麼公共圖書館，學校附近那間英華書局，有個大玻璃框的櫥窗，常展示很多色彩繽紛的童話新書。每次放學經過那兒，我便不肯前行，央求姊姊用零用錢買童話書才回家。過了不久，我們也有自己的小書庫了。在我童年印象中，關於書的記憶，最深刻的是爸爸容許我們也有自己的書櫃，一個小角落，一個木箱子，就變成我和姊姊翱遊書海的天地了！

　　每天，爸爸放工回家，都會看看報紙；小時候我家就有兩份報紙了，一份《華僑日報》、一份《香港商報》，後來我上中學，還多了一份《星島晚報》。姊姊和我都會學爸爸，晚飯後跟他一起閱報，沒想過自己正受這些精神食糧滋養成長的呢！除了看副刊文章、漫畫外，新聞故事、體育動態都讀得津津有味，記得我還把奧運的體操小甜心高拔的照片剪下來，貼在剪報小冊子，自己也發了一陣子體操明星夢呢！小學畢業時，姊姊和我把剪報的好文章輯成好幾本精選集，夢想將來做作家和出書。

　　後來我給報紙投稿，得了學生組獎項，爸爸特別穿正裝陪我到中環領獎。我站在領獎台上，彷彿看到爸爸頭上的光環，我若有所成就，都歸功於父母的教養啊！

　　回憶童年的日子，生活雖不富裕，沒有玩具，物質也不多，但充實幸福的感覺，都是些不用錢買的。我有爸爸的書，有媽媽給我想像的遊戲，有我的自製剪報書冊⋯⋯這一切都留有我童年的歡樂和對生活的熱情。

　　時光在快樂的生活中飛逝，童年的黃金時光不復再。如今，我寫童書，常常走進孩子群裡，指導小朋友看繪本，寫寫畫畫，就像自己也重度童年一樣。希望現今的小孩子在豐盛的生活下，能過一個愉快和充實的童年。

關於紀念何紫的深情思考

　　去年在上海的國際童書會，我和秦文君、張秋生、周
銳、曹文軒，和多位兒童文學大作家再會面了，說到上
海、大陸童書發展迅速，走向國際的宏圖，大家談得高
興！我內心想到自己所處的香港，兒童文學亦該朝這大方
向發展；其實在上世紀七八十年代，我們很早已起步，而
要追溯及研究現代香港兒童文學的步履軌跡，必須從與香
港兒童文學發展有著密不可分關係的何紫先生說起，這是
無可置疑的。

二〇一六年，作者（左一）與何紫家人及資深跨媒體工作者
李錦洪先生（右二）於紀念何紫講座上。

　　感謝香港作家聯會網絡版，特設何紫紀念專輯，讓我們緬懷這位香港兒童文學界的領軍人物。何紫曾是香港作家聯會的理事，而他心繫兒童文學，集作家、出版人和兒童文學團體組織者於一身，是推動兒童文學發展的多面手，我覺得這次的紀念書寫，不僅僅是為了紀念這位名家，我們其實要好好整理、思考香港兒童文學發展的步伐，藉著懷念追思，進一步追求傳承，為香港兒童文學發展加快步伐。

　　回顧上世紀七十年代後期，何紫有見於香港出現低劣漫畫風潮，而孩子又缺乏本地兒童文學的精神食糧，便不計成本，以他創辦的山邊社為首，開始出版一系列益智健康的兒童文學圖書。其中有小思、阿濃、嚴吳嬋霞的作品，他有一股傻勁去推廣兒童文學，賞析一些年青的作家如倫文標、潘金英、陳華英等，並出版他們的新書，可以說，香港兒童文學創作的隊伍就是由山邊社誕生的，在何紫的推動下，為出版及創作香港色彩的兒童文學展開了一大步。

　　何紫全身、全情投入兒童文學，起著極強烈的凝聚力和帶頭作用，於一九八一年十一月十一日，他和一群關心兒童文學藝術的作家、文化藝術及教育工作者便組織起來，成立香港兒童文藝協會，創會成員有何紫、陳淑安、鄺志雄、韋惠英、唐婉文、蕭芳芳、倫文標、潘金英等。而何太和他家人在背後支持，很多活動籌備期間，何紫家人都總動員。我仍記得遠在一九八二年，為了這個民間新團體要籌募經費，我建議舉行電影首映會，當時我協助聯

絡影會，成功舉行電影《亂世童真》的籌款首映會。於上映前，我和何紫當義工，穿梭街巷，張貼電影海報。那時的彌敦道普慶戲院街上的人煙，何紫親力親為揮汗的背影，我和何紫的兒童文藝事情及種種畫面……至今仍歷歷在目。

何紫（左二）與大陸及台北作家留影。

孩子王故事傳千里

何紫是一個「孩子王」，他逝世二十九年了，我仍那麼懷念他，想像他坐在雲端裡，仍是那麼熱心的、笑嘻嘻地為孩子講故事。

何紫一生樂天善良的性格令他四海之內，廣結朋友，

大人小孩都愛親近他。

姐姐和我，早年已和何紫結緣於他的故事書中！

對這位志同道合，亦師亦友的孩子王，我們又敬又愛，初次見面已像老友。由開始新相識至心接近後，已自然追隨，不分你我的投入他的兒童文學事業，助他推廣兒文活動，義不容辭。

記得初踏足山邊社，何紫邀約出版我們的作品；記得他胖嘟嘟，大人小孩都愛親近的外型，他瞇著眼睛笑咪咪地，跨開腳步站在「陽光之家」公司門口迎接文友那樣子，太可愛了！何紫欣賞我們寫的兒童校園故事，及我的童話《無名獸》，出版後給閱讀學會的酈志雄先生推介，令我們因此和酈生結緣。他還邀姐姐為他《陽光之家》刊物撰稿，與未曾謀面之作家學者見面做專訪。此後我們姐妹和文壇結下不解情緣，走上兒童文學創作路。回想我們早年差不多所有作品都是由何紫編書出版的，所以何紫是我們的恩師。

何紫出版作者的作品。

　　兒童文學作家即使被邊緣化，即使稿費低微，但好故事能傳千里，受一代代兒童閱讀。何紫即使仙逝多年，他仍能活在其作品中，活在讀者心中！我常常向圖書館兒童推介何紫《童年的我》、《少年的我》及他的童話。姐姐潘金英寫了專書《童心永在──何紫與香港兒童文學》，向老師及青少年推介何紫作品。欣賞何紫及其作品，此書是恆久的記念，彌足珍貴。

以書香秋祭何紫

　　二〇一六年重陽，十一月三日，秋高氣爽，正是秋祭掃墓時節。我們幾個兒童文學寫作人，相約何紫夫人及她女兒，一起去拜祭何紫先生，這天正值他逝世二十五周年

的忌辰！

這天，我們一行七人來到薄扶林道墳場，那處背山面海，天高氣清，花白白的陽光灑在墓地上，讓人不會覺得這是一個陰森的地方，反而好像造訪何紫當年設立的陽光之家一樣。四周一片靜謐，但我們心中湧起如潮往事，我們拾級而上，來到墓碑前獻上鮮花致祭，在莊嚴的氣氛下，追思默哀，並互訴對這位故友的追憶。

二〇一六年，雖然何紫先生已離世四分一世紀，但他對兒童文學的熱忱感動我們，把我們這些文學人的命運一直聯繫在一起的。我們談起自己是怎樣在何紫的鼓勵下，加入兒童文學創作行列，大家又懷念他創立兒童文學團隊的苦心、辛勞，想到他對扶掖後晉作家的真誠、善意和愛心，為多位作家出版第一本書，令人欽佩。

「同船修得千年渡、同車修得千年遊」，我們和何紫有緣，想起自己是怎樣在何紫的鼓勵下，為兒童文學大花園耕耘創作，同期一起為兒童文學而努力，甘苦同歡，心懷感恩。大家這樣侃侃而談，我們就好像踏上一段如小思老師所說的，文學散步之旅，我們藉掃墓回顧及珍惜前人的足跡，可更了解香港兒童文學的發展步跡。何紫用生命寫成的文學，還是一直觸動著讀者們的心。

何紫的部份著作。

　　這天下午，我思緒如潮，與讀書會的學生分享閱讀何紫的作品，請學生寫信給在天堂的何紫伯伯，每個小朋友都寫得投入用心！捧著二十多封童稚有情的信，我想，故人即使遠去，他的作品及精神會一直傳承，永遠活在孩子心中……

假如沒有何紫

　　假如香港從沒有何紫？不可以呀！真無法想像！對我自己和姐姐來說，和何紫一起走過的兒童文學路，是我們人生中獨特的經歷，也是組成我們人生的一個重要部份，值得珍惜、永遠記住。

　　阿濃最近回應讀者問：「香港兒童文學的未來如何？」他這樣說：「何紫這位又編得又寫得的將軍一去，似大樹飄零了⋯⋯」

　　在香港的兒童文學大道上，這位領軍人物曾有許多建樹。縱觀八九十年代香港的兒童文學活動，在何紫的推動下，有幾個範疇成績顯著，促進了香港兒童文學日後前進的步伐。何紫發起舉辦香港兒童文學節（一九八三年），邀請上海兒童文學家任溶溶、台灣兒童文學家林良、詩人謝武彰等作專題演講，還同期舉行連串配合活動。在當時，文學節這概念是創新的，引來很大迴響。

　　何紫也最早提倡設立「兒童文學創作獎」，以鼓勵新人及培育年青作者。於早期先後舉行了三屆，包括兒童小說創作獎（一九八三及八四年），兒歌與童詩獎（一九八六），當時的獲獎者有梁世榮、東瑞、潘金英、劉素儀等，之後皆活躍文壇。潘金英、孫觀琳更致力於兒童詩創作及推廣，催生了於一九九七年及二〇〇二年舉行之全港兒童詩歌創作比賽。由於何紫起了帶頭的作用，日後文學獎活動也熱鬧起來了。

　　何紫與大陸、台灣、亞洲等地的作家廣結文學緣，一九八七年在何紫和上海的陳伯吹、張錫昌、洪汛濤的策動下，首屆滬港兒童文學交流會於上海舉行。自此滬港兩地相約每兩年都往來舉行交流研討會，開拓了兩地的情誼及交流傳統，並讓香港兒童文學開始受關注。

　　九十年代初，即將面對世紀交替，像何紫這樣老一輩的作家，即使病了、累了，仍辛勤躬耕，無怨無悔，為兒

童文學無私奉獻。他的赤子情懷及對兒童文學的使命感，大大感染我們，激勵我們！

《溫情童話寶庫》

記得何紫患病初期，我從日本學成回港，他非常高興看到我引進《溫情童話寶庫》。這是一套結合優質繪本及高質配音藝術的影像圖書，我負責策劃中文版本，邀請不少明星名人作故事旁述。那一天，何紫笑著來到錄音室，為其中一輯「貪吃犀牛懶駱駝」進行配音，他聲情並茂之講述，暢達諧趣的聲演風格，令故事更生色了。他鼓勵我說：「不要怕賠本，這是新時代為兒童文學開拓的跨媒體新意念，一定感動到一代代的小讀者。」

萬萬想不到，那一次，竟是何紫最後的聲演故事，如今看到案頭何紫和小朋友，及他與各地作家交流的合照，無限懷緬，不禁潸然淚下⋯⋯在時間的長河，希望何紫的經典作品也有機會，通過新媒體不斷創新形態感動、滋潤新一代的孩子。

從何紫至今，香港兒童文學一步步走來，經過有心的園丁多少汗水和努力，播種耕耘。每一個歷程，每一道階梯，困難而漫長，都依賴有像何紫一樣的童心傻勁的，才能踏實而行。但願後來者能承載此份赤子情懷，為兒童文學付出，一路高歌向前。

完稿於二〇二〇年十一月二十三日

羅東到台東兒童文學路：
與李潼驅車共遊十三小時

　　十一月的寶島，陽光亮麗。秋爽氣清，旅遊的心便驛動起來。本來一早答應了台東師院兒童文學研究所林文寶所長之邀，在十一月初出席那兒舉行的「華文世界兒童文學學術研討會」。正考慮是否該提早一兩天出發，李潼從台灣來電，這麼一談，便落實了這次特別的驅車旅程。

　　我認識李潼，是從閱讀他的作品開始，《再見天人菊》、《少年噶瑪蘭》，他的才氣，創新的說故事技巧，和動人的筆觸，都使我驚嘆不已。在第五屆亞洲兒童文學大會上，才有機會第一次與他相遇，但只談過短短的一刻。這次電話那方竟傳來他親切的話：「我駕車一起到台東！」就像認識了很久的朋友那樣下令，我當然一口應承了。

　　飛機抵達台北桃園中正機場後，一出閘我已見笑容燦爛的李潼，和他白色的寶貝座駕來相迎，我和同行的愛薇（馬來西亞作家）、中由美子（日本翻譯家）、和愷令（香港攝影家）便安心地把行程交由他領隊安排。一坐上車，李潼把一張寶島地圖交我，我才意識到這次車程將要跨越半個寶島，殊不簡單，我來之前竟完全沒想過呢。現細看這輛白色小房車，不知是否承受得住這樣長途的車程呢？還有塞得滿滿的行李箱（因為我們有四個人的行李），我

暗叫不妙。但李潼輕輕鬆鬆地哼著歌，一聲出發便踩著油門向七號幹線前進。

從台北先開車到李潼羅東的家，我們休息一天，遊覽李潼的家鄉，包括羅東公園，還爬上「望天丘」，細味李潼這個同名故事的背景。之後李潼還安排了我到他兒子以寬就讀的竹林小學，與該校校長和老師作座談，談談有關香港的教育改革，和台灣九年一貫新課程互相比較，增進兩地交流，別具意思。傍晚，回到李潼的「蓬萊碾字坊」，並在這位被譽為「少年小說第一筆」之大作家的書桌上，寫紀念冊，感受「碾字」的心境。環顧他那素木裝置的閣樓，明窗淨几，正顯現了其主人對文字質樸與美感的追求。

第二天一早，窗外傳來淅瀝雨聲，特別好眠。但愛薇已鏗鏗鏘鏘地在整理，說即將要出發了，望望鐘，還不過是早上五時。李潼笑著說：「早點去看日出。」於是，在晨霧和迷濛街燈下，這輛小小白房車，便載著五個兒童文學愛好者向東面進發。

六時前，我們到了蘇花公路的起點——蘇澳港口，面向粼粼波光延遠的太平洋，我深深地吸口氣，精神一振。天邊的淡紅已漸漸漂染開來，太陽的紅球透過蛋白似的雲霧流溢絲絲線線的光芒，每一秒鐘雲彩都在變幻，令我這樣的城市人滿心期待，好想一直等著，等著看紅球一躍彈出的美景哩！但領隊說前路還有很多景色啊！大家便匆匆上車，朝著太魯閣峽谷而去。

沿著海岸的路彎彎曲曲，李潼穩持軚盤，笑著叫我數

數有多少彎，其實意不在答案吧，因為這樣留意細數，我
才不會錯過沿途風景呢。不過，我最留心的，是李潼說起
他兒時的故事，有關他勇敢的媽媽和瀟灑的爸爸，一段
一段故事，感覺像在閱讀他的書。還有，李潼興之所至，
哼起他所創作的民歌，旋律優美，歌詞意蘊深遠，教人神
往，也忘卻長時間擠在小房車沒法舒展雙腳的困累了。

在太魯閣我們看了長春瀑布，還在小祠廟合掌向建
設橫貫公路的殉難者敬祭。想起李潼寫的作品《台灣的兒
女》系列中的「尋找中央山脈的弟兄」，藉一段橫貫公路
之行，刻劃艱難中成長的少年，史詩式的少年小說，給讀
者帶來很多啟發。

車子到了燕子口之後，我們特意下車，步行約二百米
長的九曲洞，欣賞這著名峽谷岩壁的奇石姿態。由於最近
曾有颱風和地震，沿途有很多危險地段，據說可能仍會有
石崩。李潼細心地叮囑我們走左面，自己則大踏步唱著激
昂的歌向前，歌聲在山洞內回蕩，洪亮非凡，令我感受到
他作品中台灣兒女的民風與情懷。

中午時分，我們車子到達了花蓮。這裡的石頭很有
名，李潼帶我們參觀了博物館舉行的國際石雕展覽，負
責統籌的黃涵韻局長解說得很細緻，本來堅硬的石頭，
在雕刻家巧功神斧下，展現了溫柔飄逸感，虛實的對比，
令人讚嘆。黃局長還宴請我們到一家叫「思想起」的別致
餐館午饍。李潼輕聲告訴我，有一篇文章〈美女和她的石
頭們〉便是寫這個迷上石雕的黃局長了。我想，我們這班
「頑童」，心底總有一塊放不下的石頭，那便是對文學藝

術的熱熾追尋。

我們沿途認識李潼的朋友，每一個都真有意思。下一站到了尚德邨，我們還拜訪了記錄片導演赫恪。他一身棉布便服，像個農夫的打扮，但眉宇秀逸，眼神閃著哲慧，藝術氣質是攝人的。但他一笑，笑容便溫暖得溶化了冰，像他家門前橫放的大木條，點燃著縷縷輕煙，他說燒木條是阿美族歡迎友人的象徵。我們便不客氣地坐在他前庭，一邊喝咖啡，一邊閒聊著。從大家心儀的電影導演，講到附近山上水災情況。他描述背著攝影機於山間災場奔走情形，很是慘烈，難怪他說台東山脈有美麗與哀愁。聽赫恪一席話後，小房車於夕陽中再啟動，穿過濃綠秀麗的山脈，在暮色中慢慢駛入台東市了。六時四十分，李潼用手提電話向林文寶所長報告，我們已抵達目的地了。三百公里，同遊十三小時，難得又難忘的旅程，感謝李潼和各位同行朋友！這段旅程，大家都敞開心扉，談得高興，正為接著數天的文學研討會譜上最諧和的前奏曲呢！

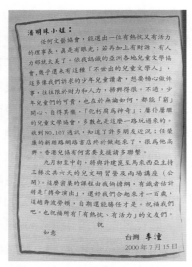

手稿函

筆者與李潼攝於李潼的蓬萊碾字坊

兩個男子漢教寫詩

　　有這樣一個比喻，寫散文像散步，寫詩則像跳舞，予人浪漫和美的感受。那麼，由大男子作家來教小學生寫詩，這創作坊會有怎樣的浪漫風景呢？

　　筆者有幸走進麥榮浩和關夢南兩位老師的「小學童詩繪畫創作坊」（註），作一個旁聽觀察者，感到教室裡詩意滿盈，上課氣氛非常熱熾呢！相信他們活潑的教法可供老師們參考借鏡。

「昆蟲詩」課

　　衣飾奇異的麥榮浩老師甫進入課室，即吸引所有參與同學（小四生）的注意力。他儼然一位表演者，頭戴黑色闊邊帽子，帽邊緣掛了大眼珠和小飾物，手上戴了像蜘蛛的黑手套，衣飾裝扮真趣怪呢。原來這一課主題是「昆蟲詩」。

　　麥老師以富趣味的提問引起動機，究竟世上有多少種昆蟲？你認識哪些？同學們爭相舉手回答，更心癢癢而要求寫及畫在黑板上，小朋友急待表達，表現積極，學生通過互動刺激創意，領悟出昆蟲的特點，藉圖畫和文字描繪。於是各人展開畫紙，繪畫自創的昆蟲，有同學又以剪貼法設計，或做立體形狀的新品種昆蟲，對一些需要多些參考的同學，麥老師提供了日本昆蟲圖鑒、《昆蟲森林》

（多田智著）等繪本樣書，其中彩圖細緻豐富，供學生添加聯想。

　　詩歌寫作方面，麥老師以自己的組詩〈昆蟲詩〉五首作教材，讓小朋友認識童詩的幽默和趣味，自創的昆蟲還可包括大懶蟲、垃圾蟲呢。試看其中一首：

　　　大懶蟲和垃圾蟲是好朋友
　　　一個忙著睡覺
　　　一個忙著亂丟垃圾
　　　所以很久都沒在一起玩了！
　　　　　（詩：麥榮浩）

　　麥老師請學生一一朗讀，特別指導小朋友們要嘗試讀出詩中的感情，讓學生借助朗讀把無聲的文字變成有聲的語言，使詩文中所抒發的情感叩擊學生的心靈。學生在學習過程中，既感受到語言文字表達情意的表現力，又提高審美情趣。

　　老師寓教於樂，寫作詩前，會撩動小朋友的情感投入。學生動腦、動手，運用色彩、拼貼、剪紙等同步畫圖、設計，靈感給夠養份了，以畫點撥，學生便自然寫出自己的詩。有學生寫出個性化的詩句，抒發其對昆蟲的聯想，老師再分別請學生朗誦、欣賞，大家都愉快地享受這堂與昆蟲共鳴之課呢。

「新詩課很有趣」

關夢南老師的詩作坊於保良局蕭漢森小學進行。關老師鼻樑上架著眼鏡，衣著簡約，一派學者風範，初次見面，小學生大概都會以為他頗嚴肅吧。不過，當老師開始講範例的圖像詩，有「山」（三角形圖像）、「四方木」（方形）、「亭」、「傘」（雙拼圖像）及謎語詩時，學生即感好奇了，眼眸裡都閃著專注和期盼。老師通過看詩、聽、讀（朗誦）等形式，激發起小朋友的學習興趣，並自然地帶出重點：詩可以是圖畫，詩也可以是謎語。

在教詩過程中，如果形式單一，難免乏味。但關老師教詩歌，形式多樣富變化。通過看範例、朗誦、聆聽詩文故事、解說寄意，到筆隨畫圖，言不盡意等多種教學形式，引發學生心內聯想，激發學寫詩的興趣，令學生興味熱情持續不斷。我特別欣賞關老師隨時講出有關範例詩歌相關的故事，且極貼切，讀新詩但引古詩故事，如李白「桃花潭水三千丈，不及汪倫送我情」的由來，讓學生理解、感受詩文的語言藝術美，真正有所聯想、感悟和思考，受到李白對友情這比喻之技法所創作所發揮，為之獲得審美、想像之啟迪，引發創作的樂趣。

關老師引一首「藏頭詩」（嵌入詩）作例子，然後在白板上出題「新詩課很有趣」，如此新穎的詩題，令學生個個躍躍欲試。在座的潘金英（以藝發局藝評人身份出席）也興之所致，寫了一首：

新詩坊開眼界
詩意點撥由關生
課堂活潑又歡樂
很有靈感很有 feel
有形有象有深度
趣味聯想愛寫詩

　　實在佩服關夢南老師的點撥及引動小朋友寫詩的腦筋，他指出像「很有靈感很有 feel」是有新意的詩句，鼓勵小朋友要大膽用字。如此點撥下，小朋友動手動腦地投入創作，亦自然領悟到遣詞用句可更自由奔放。

　　學生們的反應真的很快很活潑，思考也更多元了，看！有不少令人意想不到的詩作呢！以下是第一個男生寫的：

新詩初學者
詩歌作不到
課堂第一課
很難也不難
有個大難題
趣味傳千里

　　此課還有教美術的崔瑩老師，她的繪畫遊戲及示範有助育成難執筆的問題，把難事都變戲法似的。她鼓勵學生「放開舊想法去畫」，令學生創意和寫詩模樣活潑起來，

以致於難寫就寓寫於畫，圖文並茂，使學生享受作詩如繪畫。美術老師為課堂創設氛圍讓學生站到白板前，端筆細心繪畫，享受表現畫技，點綴上堂興趣，令學生增添滿足感，也增強作詩意欲，讓課堂富有情趣。

　　一節「好課」之要求是怎樣的呢？「配合學習目標，過程流暢，師生互動學習，學生參與度高，氣氛投入……」以上的基本要點，關夢南老師、麥老師他們都掌握得很好。這兩課之後，相信小朋友很享受讀詩、畫詩，感悟到寫詩的美妙，這樣的課堂一定格外深刻吧。我深切地感悟到，一堂文學「詩的好課」，最重要使教與學煥發出一種生命的活力，要有文學語言的教學，讓學生感受到文字的魅力。要達到想像力之培養，以畫點撥，見詩意景；還要有美的體悟，讓學生品味情感。這兩堂由兩位詩人教寫詩的課，給我們作了精彩的示範。

註：

此為小學生文藝月刊舉辦的「小學童詩繪畫創作坊」之其中兩堂。

才子的苦難和新生

　　蕭伯納說：「人生有兩個悲劇，一個是萬念俱灰，一個是躊躇滿志。」日前到書店聽洪朝豐的分享，這位叱吒廣播藝壇的才子曾經躊躇滿志，而後來遭遇大病、舌癌幾乎奪去他寶貴的一把好嗓音。他經歷萬念俱灰的時刻，人生的兩個悲劇，他嘗過了，但最重要的是他撐過了。很欣賞他努力把自己的經驗化成文字，書寫成《風雨之後》，娓娓道來他的苦難和新生。

　　書中抵抗舌癌的筆記，細節無遺。例如醫生先把舌切出，放一邊，取出二十四粒淋巴核後，再電療，以至燒傷頸，失味蕾……真是驚心動魄！字裡行間，感受到那是含淚寫成的。洪朝豐說，苦難最痛的，是看不到苦難的盡頭。在萬念俱灰、厭世的一瞬，他曾想自殺，但想起兒子及愛他的好友，才不願放棄。

　　洪朝豐說，此書名靈感來自蘇軾「也無風雨也無晴」，確貼切反映其心態。風雨之後，他奇妙轉化，更懂得生命和愛。他盼以火鳳凰新生再出現（即使失了寶貴聲音和俊顏），要把自己的力量獻給家人、學生，因人一生的名利多少不重要，反而有多少愛才重要！

談兒童文學「死亡」題材

死亡是個要好小心處理的題材，而主張真、善、美的兒童文學，是否可以寫死亡的話題呢？

我問了上海的作家陳丹燕。她的著名少年小說《女中學生之死》，擺明車馬，是有關死亡的悲劇故事，究竟她為何選擇這樣的題材呢？

陳丹燕說她想把大都市少年的孤寂與困擾寫出來，她安排主角走上自殺之路，是用逆轉手法，叫讀者更深入思考生命與死亡。故事的背景是大都市（不一定要是上海，可能是任何的大都市），一個女中學生自殺了，一名女記者依循著一本日記的線索，尋找主角少女為何自殺，她本是令人羨慕的明星學校的學生，但苦無傾訴心事的對象。這些狀況，都在記者一頁頁地翻閱日記時，逐一浮現在字裡行間。少女雖然沒有受到戰爭或天災等的苦難，但現實與孤絕感的壓力卻很大，最後令少女無法活下去。

這樣的題材與寫作手法，給少年讀者很大的衝擊，也會使他們像記者一樣，學會探尋自己的內心掙扎。今天我們常見到很多學童自殺的新聞，「死亡」是一個不能逃避的題目，重要的是，文學家如何處理這題材。

其實，生活中任何材料也可成為兒童文學的題材，死亡絕非一種禁忌。經典名著《西遊記》中不是在打殺下死人無數麼？但兒童都很愛看。只要作家所寫的死亡，能描

寫死的價值、美感，不要把焦點書寫在其恐怖狀況就好了。又例如安徒生《海的女兒》、《賣火柴的女孩》，主角之死，只會喚起人性的同情和善良。我們以死亡作題材，要寫的是死的尊嚴及價值。現今的小孩可能會面對寵物之死，親人之死，會令他們有所驚懼、迷惘，寫這些題材，要處理恰當，從而令小讀者勇於面對，積極正面的鼓起生存的勇氣。

英國著名兒童文學作家芭貝·柯爾以輕鬆幽默的文字，和充滿對比及誇張的插圖，出版了故事書《精采過一生》，將人的一生濃縮於十數頁彩圖中，看著嬰兒從小長大，要一一闖過很多生命的危機和關卡，到最後面對老病死亡。但故事中的爺爺奶奶，雖然身軀彎了，皮膚老皺了，但一點兒都不怕死，還起勁地做很多事，以灑脫的幽默感，走完他們精采的一生。這裡隱喻了「死而無憾」的重要訊息。雖然，年幼的孩子看這圖畫繪本，可能只是被它誇張的畫法及人物所吸引，未必馬上體會到甚麼旨意。但潛移默化中，他們一定會希望像故事人物一樣，實實在在地活出精采的一生，才可坦然面對死亡。

冰子——穿白袍的大天使

　　小時候以為天使都是可愛的女孩模樣，後來看一些電影，原來依西方理念天使是男性。究竟天使該有怎樣的化身，其實不大重要，天使的終極形象，一定是純潔的，穿白衣的，而且為人類帶來美好幸福。

　　在第五屆亞洲兒童文學大會上，我遇見了穿白袍的大天使——那就是筆名冰子的嚴醫生。在記者會上，很多人圍著他，但他身材魁梧，老遠便看到他身影、聽到他的聲音和笑語。

　　剛認識冰子，我便衝口問他，為甚麼改筆名叫冰子，是不是和冰心有關。問完了，我才感到自己太唐突了，冰子卻哈哈大笑，說：「你知道嗎？有些人未見過我，以為我是冰子小姐。」

　　在香港，有一些醫生也閒時寫寫文章，但寫兒童文學的醫生絕對是罕見的。我問冰子，為何會寫起兒童文學來。

　　他說自己不是特意選擇兒童文學，倒是大勢所限。出於對他少時周遭政治的考慮，那時期寫小說、散文的文人，容易被纏上與政治有關而遭到批判，只有寫兒童文學才能與政治「脫鈎」。冰子的童話《驕傲的黑貓》一出來便受注目，並被拍成卡通電影。但後來冰子仍難逃被批鬥的命運；在「文化大革命」的黑暗時期，他也因為種種原因

坐了三年的牢獄。他娓娓憶述，說來亦頗輕嘆。

　　一九八五年，冰子移居美國，使他對西方的自由風氣下孕育的兒童文學另有一番認識。面對西方日趨先進的各種科技和影像媒體，冰子仍堅定的說，即使兒童文學的將來會有各式各樣的表達形式，但書是不會死亡的，最古老的、親子講故事的形式是不會消失的。因為只有媽媽和親人親切的聲音、關注的眼神，才是兒童文學作品的最佳傳媒。

　　「人類的需求是無限的，各種不同的發明創造可以替代舊有的工具，但不能取代人類對生活、教育、情感等的需要。孩子愛聽故事，家長的教育責任，都不是某一種新的產品或手段所能包羅。由此可見網絡和多媒體只能充實、擴大兒童文學的一種工具、一種手段、一種促進，而達到推廣兒童文學的作用。」冰子補充說。

　　冰子為人樂道的是他寫的科學童話，而由於他擅長設計富視覺或電影感的場面，他很多童話都被搬上銀幕，他自己還負責改編劇本呢！冰子的中篇科學童話《孫悟空人體歷險記》，獲得了少年兒童優秀作品獎；《沒有牙齒的大老虎》獲得了「兒童文學園丁獎」。其他重要的科學童話有《淡藍色的小鳥》、《小蛋殼歷險記》、《河馬拔牙》、《彌陀佛生病》等，單看童話題目的名字，便已引人入勝，而且似乎與他的專業——醫生有關呢。

　　冰子身為醫生，寫的科學童話自然基於一定的科學根據，作為幼兒的啟蒙教育，冰子深諳故事不能信口開河，而為了讓科學童話引起兒童閱讀的興趣，及樂於接受，冰

子常從日常生活中去構思，攫取素材，自己也常常與孩子交「朋友」，別看他牛高馬大，對小孩子可有很細緻的照顧呢。他的童話深入淺出，幽默富童趣，有助啟迪幼兒的思維和智慧，也為他們帶來歡樂。

金英姊和我，與冰子初相識便一見如故，談得很投緣。感謝他特別在我們的紀念冊寫下這樣的文字：

> 如果香江似碧綠的荷葉，
> 你們姊妹倆就如荷葉上，兩個晶亮的
> 露珠，在陽光下，
> 一顆閃著金光（金英），
> 一顆閃著銀光（明珠），
> 引來了許多孩子來觀賞……

冰子的散文集《海風吹進鐵窗》，有名作家琦君寫序。她寫冰子「以科學的冷靜頭腦，判析世態，更以文學的慈悲心懷，體會人情。」書中各篇散文，以理性和感性兼備的情懷，抒發了作者對「人」的感悟。作為一個醫生，對人體構造瞭如指掌，對人性的剖析，更是洞明，道出了人世間的悲苦與歡愉溫情。

一位資深的編輯曾說：「在中國國內，像冰子這樣的醫生可找到幾百個，但作為兒童文學作家，很難有人可以替代他。」

明舟渡書海　童話匯東西

　　從地理位置看，希臘雅典正處於東西方的交叉路口，今年第三十六屆國際兒童讀物聯盟（IBBY）世界大會於雅典舉行，而大會總主題為「東西方在童書童話中相遇」，真是美妙的配合。來自六十五個不同國家約五百位代表前往雅典，有童書作家、插畫家、學者、圖書管理專家、出版人等到來參加 IBBY 世界大會。他們有來自東、西方的，聚集一起，為交流兒童書創作、推廣，討論各種閱讀課題，共同實踐 IBBY 的使命，正是美好的東西方相遇。

　　這次大會其中一亮點，也最令我們欣喜的是，於此歷史悠久的國際聯盟主席團換屆選舉中，中國兒童文學研究會常務副會長張明舟先生，二〇一八獲選為新任主席。他成為第一位中國人獲選為這國際聯盟組織的最高領導人，可喜可賀！國際兒童讀物聯盟自一九五三年成立至今，各國分會一直致力於青少年兒童閱讀的推廣工作，相互交流，影響廣泛，被譽為青少年兒童讀物界的「小聯合國」。張明舟先生新任主席，實至名歸，這代表他過去多年搭橋和交流的努力得到國際分會間重視、肯定和信任，同時標誌著我國兒童文學將向兒童文學的世界舞台邁出更堅實的一大步。

　　記得我初次見到張明舟先生，是在澳門舉行的 IBBY 第三十屆世界大會。當時，香港有圖書館界、小童群益會

和出版界的代表團傾巢赴會，參加人數是歷屆之冠，都為
支持大會首次於中國地區舉行，不可「失禮」呢！張明舟
先生是當時大會籌委，幹勁十足。我只能匆匆和他握手，
但見他在忙碌中仍以親切笑容及流暢外語回應外國代表和
媒體記者等，令我印象深刻。相信在那次會議張明舟和他
的團隊，已向世界各分會展示了中國在閱讀推廣和出版的
積極進步。之後，我有機會於紐西蘭大會，及去年在曼谷
舉行之亞太區會上，向張明舟先生請教。他覺得應該讓國
際社會更多地了解中國的文化，期望能竭力為華文的好作
品翻譯、推廣，通過中外作者和繪者合作，把更多中國的
優秀兒童文學送到國際舞台。東西書海得以搭橋相聚，張
明舟主席實在作出了很多重要貢獻，我輩深深欽佩！

＊書影物語

生活有詩書

有電影，有劇場，我哪怕寂寞？人生哪裡會
空虛？是有含量的生活

啟動創業　不怕夢碎

　　新一年，青年人有沒有創業的夢想呢？

　　我近看了一套韓劇《啟動了》，以青年 IT 才俊創業遭遇為題的，劇情曲折，有許多情節惹人深思，可對有志創業的青年帶來啟發。

　　此劇的大橋段恍似窈窕淑女，不過是以電子時代背景的少男版本。科技大企業高層的韓志平，把山寨小公司的青年南道山，打造成 IT 界成功的才俊，以迎合女角達美夢中情人的期望。真實的道山，放棄讀大學，未畢業就在社會打拼，他懷揣夢想，想藉創業肯定自己，但經歷不順，頗為氣餒。

　　編劇巧妙地把許多有關創業及商界的專有名詞，貫穿在十六集劇中。例如危機處理、電腦病毒、營運預設資金、備胎、重置等，其實是一語相關，同時反映這二男一女間的情感角力。

　　韓志平要南道山暫代他出見達美，詎料兜兜轉轉，達美真的戀上道山，變成她的男朋友了。這時志平才醒覺自己原來很在意達美，只是一直猶豫。快人一步，理想達到的道山，此時在 IT 界做出成績，更想開發利潤少、但可助盲人生活的軟件，盼在 IT 界有自己的發明，得到達美的理解與支持，努力籌措資金開發。

　　謊言愈講愈久愈變真，志平不能開口揭示真相，內心

又難以接受現實，常想從中作梗拆散二人。達美創業，曾從期望到失望，又恢復希望，戀愛、求職、銷售、籌資金，也常受挫。曾一次次信心爆棚，也一次次鎩羽而歸，又一次次重拾心情，再度啟動……這部好戲集希望、浪漫、樂觀為一體，傳遞出失敗乃成功之母的青春本色，給年輕人的創業注入正能量，也讓年輕人充分的認識社會，對失敗有充足的心理準備。跌倒再起，拼搏不服輸，催人奮進。

創業絕不簡易，但青春當自強！劇中人的創業經驗值得青年深思：韓志平輔導創業，對初創業者做生意有意見，甚或惡評，雖然令人不好受，或會打擊信心，但宜認真聆聽分析。導師陣上經驗豐富，始終現實殘酷，像劇中志平的話，多次都應驗。但聆聽意見同時，也要了解自己的價值，想好了便擇善固執，無悔青春地前進。努力過，即使失敗了，就從中學習，再捲土重來！自己做老闆，表面很自由，但沒有大樹可依靠，純靠自己工作，就要有不斷戰鬥和創新的精神，過程中遇上難題，都須努力解決，勿拖延不理。

不要後悔啟動夢想，以樂觀信心迎向創業未來吧！

自強勇敢　女兒本色

婦女節，若男士來看韓劇《哲仁王后》不知有何反應？

此劇有意思，雖則是大玩韓劇慣用的穿越時空橋段，但這次竟是移魂換形！

現代男廚靈魂穿越到朝鮮，搖身一變，變了王后金昭容！試想像女兒身，男兒思想，猜猜會引發多少錯配顛覆，妙趣橫生的事？

一個在職場為現代事業而受壓拼搏的男人，怎樣在這奇怪的穿越中，怎麼了解古代王后，困於深宮的生活和命運？顛倒自我，他又怎保守自我呢？

古代的後妃，本來受著各種規限約束，嫁進王宮常是政治婚姻，目的只是為家族鞏固權力。但劇中的哲仁王后，因意外而有了現代男性的意識思維，這古代女子的行事作為便顛覆當世，情節便有趣多火花了！

她在欺善怕惡的政治場上，在世人目中，變得敢作敢為，不懼強權。

例如在一場背後有權力鬥爭的御宴席上，因王室的食材被偷了，而差點令主上於宴會中丟臉。幸好王后臨危不亂，運用現代男廚具創意的烹調技巧，泡製了「主題盛宴」，這一場戲特別吸引，令人激賞。王后以普通老百姓的土豆、柿子等食材，加入創意烹製，一道道菜式上桌：

龍鬚土豆、麥豆軟肉、抱春羊羹，色香味皆教眾人驚喜。

這位與別不同的哲仁王后，似韓版梅艷芳，活出真我顯出新女性本色。常以談笑用兵之姿，利用美食將人們的味蕾俘虜，敢想敢為的及時化解一場殺氣騰騰的政局。

飾演王后的申惠善，演技出色，能把笑位拿捏得恰到好處，演活（男主角上身）內斂深藏及四面受敵的情景，錯體上身而努力求生下之急智應策及攻略。男女身份調換的題材雖不算是新概念，但此劇加入了歷史場景，營造出迷人反差，引人遐想。哲仁王后不妄自菲薄看低自我，不靠家族父蔭，不向強權屈服或受制於強權，不因兒童弱小而放棄，絕不欺善怕惡。即便只是小宮女，也會擊石破毒冰，急智聰明救王后，因王后真心待人，自強不息，令她鼓足勇氣以下犯上！

其實現今世上仍有不少地方，例如孟加拉、印度，一些女性仍受困於世俗的有形或無形枷鎖。即使在韓國及香港一些重男輕女的家庭裡，女子必要爭取，才能得到重視和公平對待。

難怪劇中的金昭容，無論古今，都要設法做回自己，自強不息，不放棄地堅持真心，才可爭取幸福！

女排奪冠不是夢

　　因避疫多個月沒上電影院了，這天我去看陳可辛導演的《奪冠》，留給我許多思考。

　　此電影選材，是年輕人永恆熱愛的運動題材。記得我從小喜愛排球，中學時掀起女排熱，吸引我入選女排隊。看「奪冠」一片看得我熱血沸騰，感受更深！

　　我想，一齣好的運動電影，應該會講主角怎樣苦練，奮鬥以達到成功，勵志，有鼓舞意義，引人共鳴。但此片更有重要的歷史時代背景，所以導演手法如何，會影響拍出來的效果。八九十年代社會發生的事太多了，改革開放，經濟騰飛，北京申奧成功……這個時代背景影響著各人的成長過程；此片獨特之處就是在女排贏了對日本賽之後沒將影片完結，反而就是後部主角郎平的心路歷程，鞏俐演郎平動作和表情、眼神都非常神似，表現出大將之風；導演從郎平和陪練助教的小夥子兩個主要人物的視角，展開故事的敘述，人物形象清晰，情節流動迅速。年青的助教沒被派一同出國比賽，只有和群眾看著小小的電視螢幕，為郎平及隊員打氣，塑造了這個有情懷有熱血的核心人物。故事帶出這種為團隊為國家奉獻的女排精神，可見《奪冠》不是平實的記錄片，還是有角度有故事內涵有感染力的電影呢！

　　電影中很多細節處理得很好，後半部述每個人的成

長，特別是老隊員整體去出席喪禮的感人一幕，帶引朗平重返國家隊的情節。片中郎平和初出茅廬的主攻手朱婷的對話深情，郎平發問卷，叫隊員輕鬆去休息，戀愛等等細緻情節，都流露她對這群年輕姑娘的成長關心，讓我們深思運動員或每個人的路要怎樣走。這不是普通的一齣激勵人愛排球的電影，它的內涵已達到更高的層次。

此片拍出了大賽場面的張力，高技巧的攝影和燈光手法，把多場比賽都拍出特色。很多練習的場面，鏡頭不只捕捉了運動員苦練的汗水，還特寫表情，腳上的傷患，隱含運動員在練習中的心理質素和變化。結尾中巴大戰場面拍得悅目，每一個鏡頭調度，都靈活變化，當巴西和中國隊鬥得難分難解之時，鏡頭一轉，插入巴西小孩欲哭的特寫鏡頭，引人動容。再轉到計分牌，場內人聲鼎沸，叫人心情焦急，而郎平從容地靜聽助手報告有關對手的作賽習慣等數據……這些交錯出現的鏡頭，傳達了郎平帶領女排改革的重要信念：如今比賽，不只是力量的較量，而是智慧的較量。

啟開少年心靈的紀錄片
——《少年滋味》

　　如果你覺得「一代不如一代」，或你對這代年輕人搖搖頭，感到難以理解，常被頑劣不聽教、受寵壞的孩子「激親」，不妨看看張經緯導演的紀錄片《少年滋味》，試著聆聽、了解這代一些少年人的面貌和心聲。

　　影片以觀察型紀錄片方式，捕捉九位香港不同年齡層（由十歲至廿多歲）的青少年之學習及家庭生活，透過對談方式，導演與被拍攝對象之互動，讓這些年輕人在鏡頭前各自道出對學習現況、未來理想和前途的心聲，引人思考。當然，從參加「普 Teen 同唱萬人音樂會」一萬位年輕人中，只聚焦於九人的故事，絕不能說那是真實香港社會少年滋味的全貌，但導演的選材選角也有一點代表性，呈現出今時今日這代年輕人的壓力、擔憂、「愁滋味」及對自身處境和將來期盼的所思所感。相信年輕觀眾看了會有所共鳴，成人（特別是家長教師）對如何教養下一代會有所反思。

　　片中的幾位主角（如名校生 Brian、優才生 Vicky、風紀隊長 Angel），都來自甚好（中上的）家庭背景，從家中陳設布置，可見生活似是無憂。如 Brian 自己說：「生活不錯，挺開心，挺想一生處於這狀態。」也許有觀眾覺

得他們都是「吃飽無憂米」的少年，不知人間疾苦。但正如馬斯洛的需求層次論，較低層次的需求雖然滿足了，他們就有自我實現的需求，所以十六歲的 Brian 會看哲學書，思考生存意義以至老子對生死的智慧。對比弟弟，Brian 較成熟（弟弟陶醉想像娶妻後在家中吃晚飯看電視之畫面）。另一個父母眼中的乖乖女 Vicky 內心熱愛音樂，不想固步於父母鋪好的路（將來成為醫生專業人士，收入及前路穩定），但 Vicky 所嚮往的音樂，是父母口中帶貶義的「演藝事業」而已。在家人的期望下 Vicky 只好繼續強忍，苦苦在燈下溫習。而 Angel 雖身為合唱團團長及風紀隊長，不想只對老師唯命是從，覺悟到不可盲目服從權威，要勇於表達自己的意見。她擁有音樂才華，希望與朋友組成無伴奏合唱團表演，但同學間瘋狂的補習風氣，令她自己也無奈要花很多時間在功課和補習上。終有機會上台作表演了，Angel 很想在演出後與家人合照留念，但她的父母卻沒出現，令 Angel 這場中學生涯最後一次演出留下遺憾。其他人物有來自邊緣社群，缺少關懷和信心的少年，如凱婷及樂恩就分別因外形及父母問題被邊緣化。還有來自青海的新移民華仔，受人歧視下陷入身份認同的迷惘。年紀最大的是 Paul，他不願出國留學，卻樂觀積極地做義工。最小的是兩位十歲的女生芷蓉和 Nicole，被迫要贏在起跑線下過著忙碌的童年生活。

在鏡頭前，這些少年人娓娓道來自己的故事，他們對自我實現有需求，心底渴望自己對音樂的愛好和熱情，能得到父母理解，讓自己能在音樂路上有所發揮。但各人敘

述平實，沒有特別埋怨或激烈地抱怨父母把過分的期望加諸其身上，或套上舊有一套標準來評價他們（Angel 感觸哽咽落淚一段算較激了），可見現實的確如是。大概虛構的講述叛逆少年的影片中，才常有與父母吵架衝突的場面吧。此片張導演以安靜沉實的鏡頭，呈現少年人真情剖白的心路歷程，沒特別添加旁白敘述來引導觀眾。甚至連少年人背後的父母，也自然流露，不經意說出自己作為怪獸家長的心語，這是導演拿捏得當，高明之處。

那麼少年人的愁滋味如何得以慰藉呢？導演運用穿插在片段對話間的樂章，示意音樂藝術就是他們的心靈糧食，音樂讓他們可宣洩平日受管束的壓抑，令他們放鬆，令他們找到理想的動力。影片利用畫面及配樂的效果，不但為這些少年的故事注入詩意般的敘述，而且帶出主題：怎樣才能為少年們打造一個美好的學習和成長環境呢？讓他們自由投向所愛的音樂藝術吧。激昂緊湊的貝多芬交響樂曲，少年的擊鼓聲、歌聲，都恰如其分地傳達了少年人的情緒及相關場面的情調。貝多芬〈歡樂頌〉的合唱歌聲澎湃激盪，貫穿全片，振奮著少年們的心靈。如此聲畫互配，細緻巧妙的剪接，使各段少年片段有機地銜接，令節奏明快，沒有冷場，顯見導演的功力和用心。

紀錄片是說人的故事，《少年滋味》為我們打開了這些少年的內心世界。當中有迷惘，有感悟，有許多值得現今年輕人和家長教師思考之處。期望這些少年心裡擁有的音樂藝術和熱誠的種子，不會被摧毀，有一天終能茁壯成長，開出美麗的花。

邀約孩子學習愛：
從《那年老師教曉我的事》說起

　　今屆（第十三屆）香港中文文學雙年獎兒童少年文學組獎項已公布了，結果只頒發推薦獎（獲推薦獎的作品有：周淑屏的《那年老師教曉我的事》及徐焯賢的《詩探卡爾維之黑夜‧橋上》），實感可惜。作為此屆評審之一的我，當然尊重最後決選的結果，但反覆細讀《那年老師教曉我的事》，仍受到書中深沉的情感所觸動。書中故事取材於作者少時真實的經歷，藉此展示了作家對早年（六七十年代）香港社會現象和文化形態的觀察、感悟，描繪細緻，對師生關係的寫照，真摯動人，是值得深入欣賞的好作品。特別在今時今日的商業社會，師生關係漸淪為商品服務的買賣關係，尊師重道之觀念變為「老套」不合時宜，這樣一本可帶引孩子學習堅忍和人生之愛的故事尤其難得。

　　其實，在擔任評選工作的過程中，我心裡確曾閃過一道問題：該選取兒童喜愛和認受的作品呢，還是選我們師長希望兒童能多閱讀的、對兒童心靈德育有好影響的作品呢？顯然《那年老師教曉我的事》一書傾向後者；若由少年兒童自己選書，它也許不是必選的。而書中描寫那些為

學生無私奉獻的好老師，在今天的社會已不多見了，少年讀者閱讀起來，或有一層「隔」感，或許難以投入、難以體會當中的情懷？但「少見」並非指「沒有」，現實中不是有爸爸校長梁紀昌、感動人物的義務補習校長陳葒、任重道遠的小思老師、五個孩子的校長呂麗紅等等嗎？藉文字表揚好老師，讓兒童閱讀，就是最好的「愛的教育」。真正優秀的兒童文學作品該不只考慮配合兒童的喜好心性，還需幫助兒童的健康成長和精神發展呢。這書中的故事，例如描寫那位為學生打開古典音樂世界的音樂老師；為家逢巨變的學生註冊及交留位費，以至改變學生生命軌跡的老師；還有自己受著病魔折磨仍一直關心學生的老師……當中實在有許多值得當今年輕人思考的東西，讀者正好可藉此體會到當今社會缺乏之高尚情操及珍貴人情，從那些年的故事中尋找美好的價值和生活的動力。

在世界的兒童文學中，勵志的成長故事大致循著作品主角經歷「天真——受挫——迷惘——感悟——成長」這樣的敘述模式。《那年老師教曉我的事》同樣如此娓娓道來，主角「我」在好老師的守護下，年少的心靈留下文學藝術和熱誠的種子。〈改變我生命軌跡的老師〉一篇寫「我」和黃老師因留班事件僵持對立，少年內心從自憐、委屈、不忿，到自覺、體諒。領悟到事情背後，有不同方面的角力，漸學會用自己的心思去體察人情世態；心理描寫，刻劃入微，引人共鳴。

推選此書的另一個重要意義是它洋溢本土氣息，能讓少年讀者響應本土社會文化意識。從《大牌檔、當鋪、涼

茶鋪》（第九屆雙年獎獲獎作品）到《那年老師教曉我的
事》，選取香港文化背景作題材，書寫其社會變遷中的人
情，是周淑屏作品的一大特色。從她的故事中，可見她是
十分珍視香港文化傳統的一位作家。韓少功在〈批評家們
的「本土」〉中說過：「作家一旦進入現實的體驗，一旦運
用現實的體驗作為寫作的材料，就無法擺脫本土文化對自
己骨血的滲透——這種文化表現為本土社會、本土人生、
本土語言的總和。」讀著書中〈樂聲伴我心〉一篇，朱老師
嚴厲地教樂理和牧童笛的故事大概會勾起一些集體回憶，
想起香港七十年代，窮人家孩子沒錢學鋼琴，不都是學
學牧童笛或口琴嗎？吳俊雄博士分享「黃霑、故事」時也
說，他走進黃霑的書房，看見他除了遺下大量的書外，桌
上還放置他珍愛的口琴，這位音樂鬼才常不忘教他口琴的
恩師！「一個好老師為學生帶來的好影響，是永遠的。」
〈樂聲伴我心〉一篇以這句收結，令人細味，也令老師和
成年人反思，我們應為少年們打造一個怎樣的學習和成長
環境呢？故事中的朱老師認真地在音樂課（雖不是主科）
讓學生學習音樂知識，欣賞美好的樂章，滿足他們對藝術
的渴求，這不就是打造了一個理想的學習環境嗎？

　　此書是向老師致敬之佳作，以少年心裡成長故事寄寓
理想的師生關係，反映青少年的價值取向和人生抉擇。它
滲透老師無私的愛，表面平淡，內裡卻如此深沉，能化成
青少年生活路上的精神力量，潛移默化，相信讀者自會得
到溫情觸動，和精神收穫。

（作者為第十三屆香港中文文學雙年獎兒童少年文學組評審）

雅緻瓷具　飛越疆界

　　有一年，我在劍橋一所古老博物館，看到一件很特別的瓷器，上面居然繪有穿中國古裝的小孩。我細心看，繪圖不正是司馬光破缸救人的畫面麼！我感到非常奇妙，那是古老的英國器具，怎會出現中國人的故事呢？我心想，大概因緣際會，做這器皿的人，曾經與中國的人交流，聽了這個動人的故事，便以這陶瓷藝術把故事保留下來吧。

　　不知道著名作家郝廣才寫這個《蝴蝶遇見公主》的故事，靈感是否來自這些刻有故事的陶瓷器皿呢？一看見這繪本的封面，我就被捧著青花瓷花瓶的中國小女孩深深吸引了。義大利插畫家莫妮卡貝瑞筆觸細膩，角色形象塑造優雅俏麗，整體以棕色系復古色調繪畫，線條細緻。有些構圖由遠至近，或有聚焦於花瓶中的畫，散發儒雅的中國畫情調，別具風格。

　　故事的主角女孩名小蝶，她喜歡踢毽子和畫圖畫，她活潑地踢毽子的樣子，就像隻快樂飛舞的蝴蝶呢。爺爺是個做瓷器的大師。有一天，爺爺做了一對美麗的瓷瓶，中間空白處似乎欠了點甚麼，小蝶就畫上幾隻蝴蝶，而爺爺則畫了像蝴蝶在飛舞那樣踢著毽子的小蝶，如此一來，精緻的瓷瓶就好像有了生命一樣。

　　故事還具體地把製瓷的步驟都描述出來，包括攪拌練泥、塑拉成形、陰乾畫坯、和浸釉燒製。這些新知，都能

滿足小孩子的求知興趣，尤其在迎春過中國農曆新年的日子，正好親子會去逛花市、買年花，將年花插於瓷瓶。我們可借此帶出中國瓷器文化這話題，讓兒童觀察及漫談生活中常見的花瓶、碗碟等瓷器。瓷器是中國重要的生活文化品，家傳瓷具更會一代一代傳承下去，讓孩子藉閱讀此書，可多多欣賞及了解這些花瓶、碗盤、杯子之工藝及深厚的瓷器文化呢。

這繪本故事發展下去，帶來一段奇緣，最是引人入勝。原來爺爺把這對瓷瓶燒好後，一個送給小蝶，一個則賣去遙遠的歐洲。結果這花瓶到了歐洲小公主手中，她看到踢毽子的圖畫很感興趣⋯⋯中外兩個小女孩最後在怎樣的機會相遇呢？一對瓷瓶，如何跨越疆界，幫助締結中外的友誼呢？相信小讀者會追看下去，愈讀愈有趣味。

文化交流是很奇妙的，通過接觸、溝通和認識，我們會發現不同地域的文化也有共通處。這本圖畫故事不單給兒童一個美麗的瓷器故事，而且通過中外小女孩互結友緣，傳達藝術之美不分國界，及友好和平的訊息。祝願新年世界和平！

字字看心情

　　生字，很難記麼？是的，很多兒童或會感到單獨去學一些生字很枯燥無味，甚至感到那是苦差。但若果每個字能變成一首有趣可愛的童詩，學習生字不是一下子變成美妙的事麼？

　　最近我教小學生寫詩，其中一堂便引領小朋友發掘中文字的趣意，感受文字的美，從而帶出聯想，齊玩文字的詩歌。我對旁聽的老師和家長說，我們小時候學英文，英文老師不是同樣用有趣的詩歌，讓我們牢記一些特別的生字麼！那樣我們印象也特別深；故也可用詩歌來深入學中文字呢。

　　我推介大家多讀台灣作家林世仁的文字小詩，這本《字字看心情》收錄了富童趣的數十篇詩歌，每篇一字一詩，別出心裁。由字形字義發想，引發鮮活聯想，並配上可愛插圖，讓小讀者從有趣的角度認識文字，對字更有感，增添閱讀的趣味，且能引起兒童的創意思考。

　　例如，忙、怕、懶、恥、怠、患、忍、怒、愧、憨、愣、愁……這些都是和心情有關的字，但要讓兒童深入領悟中國文字的美和意涵，單是學懂文字的形、音、義仍不夠，且看詩中有何妙趣詮釋？

　　作家林世仁寫「憨」字是最勇敢的心！只要是對的事，就勇敢去做！

　　他寫「忙」字，從生活觀察，以幽默筆調具體呈現了
生活感思，令人共鳴：

　　　　忙＝心＋亡
　　　　一忙，心就死了？
　　　　怎麼會呢？
　　　　一忙，忘了吹風有多涼快，
　　　　一忙，忘了唱歌有多輕鬆，
　　　　一忙，忘了跟家人說說話，
　　　　一忙，忘了抬頭看星星，
　　　　一忙，心就忘了睜開眼睛……
　　　　咦，怎麼忘也等於「心＋亡」？
　　　　原來……
　　　　心「小小的」死一下，就會忘東忘西
　　　　心「大大的」死一下，就會──
　　　　忙死啦！

　　還有，他寫「信」字，簡潔語句，又令人反思該字的
意涵：

　　　　信
　　　　「人言為信。」
　　　　可是，許多人都在說謊！
　　　　「人言為信。」
　　　　狗不說話、卻最忠實！

　　童詩是兒童文學的一種，用字簡短、篇幅小，內容有趣，是提升小朋友閱讀興趣的一個很好的途徑。現能唸到上述這些妙趣的文字小詩，不僅賞心悅目，而且能引發兒童對文字感悟，投入童詩妙趣之境，確是一舉兩得。

　　作家林世仁說：「字的小詩＝文字＋想像力。」且「讀一首詩，交一個字朋友。」若兒童喜歡和文字交朋友，他們自然愛閱讀。小朋友閱讀了作家的範本詩歌後，都會覺得好玩，或啟發創意的想像，也想自己嘗試創作一首吧！

　　那麼，就選一個你喜歡的字，為字寫一首詩吧。在創作時，請好好觀察和聯想，盡情融入自己的感思，用新鮮的想法和語句寫出來啊！

華麗變身：
《玩具診所開門了》

　　大家於年底大掃除，收拾舊東西時，可有發現原來有些舊物可以變身，翻新後仍可再用呢？例如小時候，媽媽會把姊姊的衣物縫上花邊，給我當新衣。我小時有些小動物玩具，即使變得很舊了，仍不捨棄，因它們曾伴我講故事，藏著很多童年趣事。

　　我曾讀到一則關於古董玩具店的玩具修理大叔之新聞，引發靈感而寫了一個時事童話〈再見淘氣熊〉。故事中的男孩有個年老的姨婆，她常珍而重之地抱著她心愛的小熊布偶，男孩很奇怪，難道姨婆返老還童，仍要玩布偶麼？姨婆的小熊變殘舊了，它鼻子和臉兒，還有頭上的紅帽子都殘破了；於是，男孩有個任務，就是拿這小熊去古董玩具店修補一下，但過程中男孩因看其他新型重金屬玩具看得入迷了，竟不知何時把小熊弄丟了，怎辦呢？……這故事從生活出發，讓孩童領會如何體諒老人家，及珍惜擁有美好回憶的東西。

　　近讀繪本作家方素珍的新作《玩具診所開門了》，同樣是舊玩具和老人家的題材，她把故事情境放在童趣十足的小動物村莊展開，配以精緻可愛的繪圖，成為別具美妙意趣的繪本。相信親子來共讀，必勾起很多童稚玩具的話

題和回憶，藉書中故事，可引導兒童愛惜東西，其實很多舊的東西只要能善加利用，都可再次擁有新的生命呢。

故事的主角河馬爺爺是住在一個村子裡的醫生，很多小動物找他看病，但他年紀大了，最近常無精打采，為病人看病時，甚至開錯藥方！本來病人手指受傷的，卻被當成頭痛治療；這種情況真嚴重啊！於是，河馬醫生決定退休了。不過，退休後的河馬爺爺，像很多退了休的老人家一樣，失去了生活的重心，覺睡不好，做事又提不起勁。直至有一天，河馬看到狐狸大叔抱了一箱要丟掉的玩具，他覺得好可惜，便拿來仔細檢查、開始把玩具一一修理……河馬爺爺變得開心和積極起來，而每個玩具經他用心修理後，變得新的一樣！河馬爺爺的玩具診所就這樣開張了！

這是個很溫馨可愛，而且讀後有多多回味的故事。舊物、退休老醫生，可以是頗嚴肅的題材，但在作者及繪者的精心編排下，河馬爺爺是多麼可愛呢！動物的情境實映射人們，銀髮族老了並非沒用，也可退而不休呢！特別要加讚繪圖，每幅畫面都暗藏許多巧妙的細節，如蝸牛造型的診所、玉米車、胡蘿蔔車、大嘴巴比薩餐室的三小豬，書店櫥窗陳設等等……畫面的細節，都令人聯想更多故事。親子共讀時，可就豐富的畫面來互動談說，讓孩子多多觀察、聯想及表達生活的體會。

老有餘暉，不可抹殺

　　近年我比較少看港產電影，但《殺出個黃昏》題材及演員都吸引了我。在綽頭娛樂及商業掛帥下，此影片能選取關懷老弱的題材，實屬難得。

　　《殺出個黃昏》英文戲名是 Time，雖然「時間」也有流動，但沒有中文片名的動感。記得曾有齣香港電影《殺入愛情街》，當中愛情街固然是一個象徵，不代表任何地方，而「殺入」標示了此戲是有強烈衝突性的情愛故事。《殺出個黃昏》戲名傳神，有異曲同工之妙，突出主角以他快刀殺手之姿，如何在人生已近黃昏之年，仍發出餘暉，照亮別人呢？主角秋，坐在露台那張搖搖籐椅上，望向黃昏日落，回顧一生，在想甚麼？

　　此戲主角曾是風雲殺手；若電影畫面只有老態緩緩的氣氛，就會很沉悶。導演沒有停在一種哀傷的調子，或乞求憐憫的氛圍，反而穿插了幽默諷笑的情節，及訴說激情的青春之歌，手法成功。像廟街馮寶寶的唱曲情節，押韻金句，都觸動了許多觀眾的生活回憶，令人共鳴。電影由粵語片時代的紅星謝賢擔正演年老力衰的殺手秋，而馮寶寶則演他的好拍檔，兩人皆發揮出「薑愈老愈辣」之演技，一時無兩值得力讚。

　　此戲女主角，是寂寞無伴的叛逆少女，想拜秋為師學其絕技。她和男友都反映出時下許多現實青少年的反叛，

例如她與男友發生親密關係，意外懷孕，愛的反面變恨，就想訴諸暴力等。其實片中不論年少年老，皆感到孤獨沒方向的痛苦，並要受到人性考驗，才可體會幸福何處尋。

馮寶寶在片中，表面風光，有錢有樓，有子有孫。但這個祖母不快樂，兒子和媳婦滿腹私心，對她偽善而且諸多不滿，這個祖母百般滋味。她兒子教孫兒請祖母飲茶，軟硬兼施，討好她只為慫恿她把唯一的物業變賣，供兒、媳和孫子所用。在香港現實世界裡，類似情況多不勝數，騙取了老人家的樓房金錢，子女便不知所蹤，剩下老人孤零零留在老人院。影片中，馮寶寶孤單的住在老人院，睡不著覺，打電話給老友，無限傷感。這些情節內容反映現實，有家庭解體及城市老齡化的危機訊息。仔細觀賞此戲，其象徵手法及含義，會帶給青少年許多啟示和聯想空間。家長也能與子女同看分享，討論劇情，能學會對長輩溝通，有多些體諒和關愛吧。

格林童話小珍珠

　　童話是童年生活不可缺少的部份，著名的《安徒生童話》、《格林童話》等作品，創作年代雖久遠，但一直流傳至今，仍然為無數小讀者所喜愛。因這些童話充滿想像力，它描寫了人類社會，還有天地萬物的想像世界，童話故事把世間美好、幸福的一面展示出來，豐富童稚的心靈，令兒童對人生充滿冀盼和信心。

　　記得我和姊姊潘金英小時很喜歡閱讀童話故事，把零用錢都儲起來，每半個月買一本童話或兒童文學半月刊來看。我們的哥哥曾在外國生活，回港時帶回了格林童話的「立體圖書」，配有紙偶角色，我們仿照書中的內容，還自創對話扮演，幻想出一個個童話戲劇來呢！大概自始我們就和格林童話結緣了。

　　德國的格林兄弟以他們那些膾炙人口的童話享譽文壇；而著名兒童文學家、翻譯家任溶溶先生說，潘金英和潘明珠這對香港的文學姊妹花，就堪稱為「格林姊妹」。謝謝大作家這美譽，使我們對推廣像《格林童話》這樣經典的兒童文學，更感到義不容辭呢！

　　我覺得格林童話中很多故事，曲折吸引和內涵豐富，以〈不萊梅的音樂家〉為例子，我們可跟兒童少年閱讀其文本、講故事、對話廣播、改編為廣播劇、音樂劇、兒童劇等，跨媒介的分享和演繹空間很大。所以我所屬的大

細路劇團最近把這童話改編為《14 條腿音樂家》於劇場演出，加插了耳熟能詳的古典樂章，如貝多芬、舒伯特，並填上活潑順口的廣東話歌詞，成為富娛樂性的合家歡兒童劇。而台灣和韓國的兒童劇團都先後取材此童話，有過創意的演繹。格林童話藉戲劇演繹，生動的呈現，折射出各種生活成長上的現實處境，故能寓教於樂，將兒童少年讀者引入深思，提升閱讀層次。

喜見資深廣播人王德全這本《格林童話廣播劇》出版，它正好可用作兒童少年讀書會、廣播劇圍讀及演繹活動。經典流傳千古，必有其普世之價值，格林童話具深層底蘊，是兒童文學經典，很適宜讓少年人共讀及研討。例如我們不妨以現今生活角度來討論這些久遠年代流傳下來的《格林童話》，或以選取視角、比較異同等方法，令兒童咀嚼、反思，大大有助發展其思維能力。最近我於讀書會上，便先由學生來圍讀青蛙王子的童話廣播劇，之後帶出討論，選取不同視角談談相關的角色，又就主題內涵，表達意見，學生談談該童話對他們有甚麼啟悟等。學生們小小年紀，都能說得頭頭是道呢。相信是因為好童話激發起他們對內容有所感受、有所想像，從而有話要說呢！

例如，我們討論青蛙王子複雜的內心世界，他渴望和公主交朋友，但醜陋的外表令他自卑、怕得不到認可。我問小朋友意見，青蛙應該改了自己性格上甚麼缺點，才能比較容易交朋友呢？另一方面，我們又討論公主怎樣對待青蛙，她討厭青蛙外表、罵青蛙，語言無禮，並要挾青蛙為她取回金球，但她後來答允青蛙要求做他朋友，卻不

守承諾。同學們都覺得那不是真正朋友所為。對於故事結局，他們也有意見，甚至想寫新的續集呢！

　　著名作家薛濤說過：「人類當初絕不是為了簡單的好玩才去觸碰文學，兒童文學更不是在單薄的土壤上結出的乾癟小果。它應該立足於深厚的現實土壤，讓作品『自然生長』，讓它含有各種人生的滋味，甜的、酸的、苦的、澀的……」

　　《格林童話》有深刻的內涵，一直深植人心。雖有批評說灰姑娘、白雪公主、青蛙王子等故事的最初版本，並非只有童話般的美好想像，其中實牽涉了暴力、侵害、誘惑、背叛等現實殘酷情節，但這些元素不正好反映現實各種人生滋味？格林童話的深層底蘊好比珍珠，它反映人性，黑白分明，像珍珠清純明亮，恍如鏡子。童話小珍珠，讓小讀者從中挖掘，更能看清楚故事所表現出的孩子們的善良、勇敢和智慧。所以《格林童話》才足以成為兒童文學經典，歲月洗禮，光芒不減。每顆小珍珠，經過時間洗禮才成為珍珠，格林童話適宜讓少年人來研討，從中探尋要義，獲取心靈的力量。

人性欲望，讀出世情

　　為幼師主講幼兒文學課，走過浸會大學的校園，或在一些文學講座的場合，偶爾遇見羅貴祥博士。

　　去年，他加入了我們香港書展的文化活動顧問團，見面的機會又多了，他一貫親切的微笑，謙謙君子的作風。很早以前我就閱讀過他的大作，深感佩服。他寫的小說集《慾望肚臍眼》，手法別具一格；除了自己寫作，他還在大學推動青年文學創作，對年輕人有很大的鼓舞。

　　《慾望肚臍眼》是他早期著名的小說結集，書中收錄了他十二篇小說作品。本文討論、賞讀，所用版本為普普工作坊一九九七年版，二百零四頁。當中一篇小說作品〈愛吃宵夜的二哥和夜光錶〉，反映羅貴祥很關心「追尋欲望」這個主題，在小說篇章中圍繞著此主題加以深入地發揮。我覺得他在小說中表現的欲望，雖是多方面的，卻都是很人性、很真實的。我認為他在其小說中以複雜不同的形式，去展現「追逐欲望」之種種有關情況，誠如羅貴祥自己所說：「我有時甚至覺得這種複雜，是一種必須的元素，也只有非理性的構想，才能接近人性最幽暗複雜的地方；也只有複雜的形式，才能盛載非理性化的內容。」我覺得他似是在小說中，想清晰地在某一個切入點去解構這類欲望。此小說篇幅中，對具體女性的欲望，以及情愛欲望的痕跡，是易見的，而且貫徹其中，反覆穿插。於〈愛

吃宵夜的二哥和夜光錶〉和〈欲望肚臍眼〉兩篇中，對主
題發揮尤為深入，香港電台於千禧年特意製作了一輯《寫
意空間》文學電視片，就選取了他這篇作品拍成影片了。

羅貴祥的〈愛吃宵夜的二哥和夜光錶〉這集短片，由
張達明飾主角，把羅貴祥筆下的男子祥（名字也是有「祥」
字，也是由美國回港）演得生動。故事中祥的二哥常在夜
間帶不同的女友回家過夜鬼混，因此佔用了本是兄弟二人
的房間，令祥要睡在大廳的沙發，祥在宵夜後輾轉難眠，
暗地裡是他自己也蠢蠢欲動，有一個等待滿足的欲望——
好想像二哥那樣試雲雨情。後來祥在大學時開始帶女友回
家了；片中由張文慈演他女友，演出相當自然。

近日宅家看舊片，我在香港電台片集重溫再看此片，
張達明演的祥和女友張文慈在屋內對望談話一段，相互挑
逗，很能表達年輕人對放浪、對情色的欲望。若我們把原
著文本和電視片對照閱讀，會甚有趣，亦可見這抽象之欲
望甚立體的呈現出來了。在平淡的生活中，祥總渴望有戲
劇性的事降臨。祥與母親去看電影，偏偏是王家衛的《阿
飛正傳》（又名《欲望之翼》）（這當然是原作者的巧妙
安排），當中蒙太奇運用甚到位，把夜光錶、戲中戲的大
鐘意象寫得恰到好處。難得看到也斯老師在片後評講此小
說：多意象經營，能以具體意象表達感情。如分手時祥留
下的雲吞麵，水也乾了，麵發脹了，不再好吃了！

電子多媒體時代帶動影像視頻熱播，一些文學作品有
不同形式和平台的展示，由影視再回到文本細讀，會讀出
許多趣味。筆者發覺，窺視欲望的讀者們，從此書中似可

對欲望了解更多。

　　書可溫故知新，我宅家重新細讀此書，深覺書中反映欲求者內心慾望的投影，交織出複雜的人性；而文字中對這些幽暗複雜的描述，難能可貴地表達出來。

　　當我再讀羅貴祥的《欲望肚臍眼》內十二篇小說作品，包括〈女性映射〉、〈假如房子可以流動〉、〈兩夫婦和房子〉、〈劇作家裡面的劇作家〉……〈巨人〉、〈我所知的愛欲二三事〉、〈彼得和狼〉等，感受甚深，尤其壓卷尾篇的〈欲望肚臍眼〉與書名同題，真是最重要的一篇。

　　書中各小說篇章，兜轉變動著寫法，來圍繞著「追尋欲望」的主題，作者得心應手地加以發揮；文字強而有力，時有比喻、象徵以求突顯主題，並反覆的作出該主題的變奏，惹人反思，令人感受到「欲望」於人，看法不同，影響有別。我認為書中也反映了羅貴祥對文字書寫的欲望、對意義追尋的欲望；讀他第二篇寓意深遠的小說〈假如房子可以流動〉時，深深覺得這是則寓言故事，別具一格！這小說於第二十六頁的文字這麼寫：「由於書本是個啞巴，我又不太相信那些文字所描述的故事，我只好趁著房子流動的時候……讓自己親自判斷文字的真相，進行一系列的分析。」他在小說中，描繪出述事者「我」清晰地表示對文字的疑惑，他要在尋求文字的真相，但他遇到了很多的困難，不能掌握文字、語言和思想的關係！

　　當述事者「我」決定放棄不可信的文字和語言時，只去著重思想「流動」，但結果卻「駭然發現」：思想的傳播，根本不能和文字語言脫勾！「當我企圖組織一下我的

思想的時候，我駭然發現——發現——發現——發現——
沒有了文字，也沒有言語的系統，我便不能思想。」（頁
二十九）

故事富哲意、有趣又令人陷入反思。

而在〈假如房子可以流動〉中，作者所寫的確是向讀
者提出了一個很特別、很另類的有趣論點——就是在一個
人去閱讀一個文本時，由身處的現實世界，去到文本內的
世界時，剎那在手上捧著的紙頁上的符號（文字）世界，
的確是向讀者透過他的眼目（閱讀文本）可進行幻想、回
憶，流動著思潮去到其他的世界……

每個文本（文字）世界的一切在獨立發展，同時又互
相交疊，一個人投進幻想文本的世界時，又會否想到紙頁
上的符號（文字）和讀者的思維一致地亂作一團……

可見羅貴祥是認同文字有扭曲思想的能力，例如當
作者要透過小說去表達思想時，不得不借助文字這媒介
去創造一個世界。然而，當思想化成文字時，卻極易受
到扭曲。這些由文字和文本所展開、引發的世界，很多
時並非／不一定是作者要為讀者展示的世界。德理達（J.
Derrdia）曾謂「思想並不能脫離語言而獨立存在」，因此
我就想，思想與文字的關係，並非簡單化的主次從屬關
係，而文字確可以有扭曲思想的能力了。

在文中羅貴祥很熱衷去探討思想與文字的關係，〈假
如房子可以流動〉指出了思想、文字、語言的互生關係，
是以我們還是需要用「文字」的媒介來表現自己、自己的
世界，讓讀者去拆卸、重建作者所說的世界時，才可望減

少變動變形和歪曲。

在〈欲望肚臍眼〉這篇小說中，他再重申使用文字、語言去探求隱秘的欲望（資方真正想法），亦注定是徒勞無功的。書中可見他的多個作品，都有追逐欲望的軌跡，其中有對欲望遺失的欲望、對意義追尋的欲望，以及引起讀者窺視的欲望、捕捉主題的欲望，和對欲望的壓抑等。例如小說中有對具體女性的欲望和情愛欲望的痕跡，如留學美國的失婚青年的身影，反覆穿插於〈我所知的愛欲二三事〉、〈愛吃宵夜的二哥和夜光錶〉、〈欲望肚臍眼〉和〈彼得和狼〉各篇中，都可看到他對這主題的深入發揮。我發覺也許人們不能窮盡欲望的本源，但有時欲望所指向的本體，其實根本並不存在，只是欲求者內心欲望的投影交織出那本體吧。從《欲望肚臍眼》所見，讀者或可找尋，那些失落了或未被發現的東西，在小說的不同人物身上出現呢，此也是悅讀之趣，令人有再度創作或以另一種媒體改編之欲望吧！

寫於英明閣

灰暗日子看韓片的
愛情和幽默

　　史無前例的新冠肺炎瘟疫打亂了日常的生活，我預先安排了的導修課，學生寫作班、讀書會和澳門書香節活動都先後告停。我便趁空檔去韓國文化院學韓語，興致勃勃，成功考了升班試後，本懷著進升的夢想，但三月的新班又不能上堂了！由於宅家便是幫忙抗疫，我連看多齣韓片，順便複習學過的韓文呢！在灰暗閉關的日子，當然選看令人憧憬的美好愛情，或看笑片抒懷。電視劇《愛的迫降》，講朝鮮特級軍官與南韓財閥千金的神秘浪漫愛情故事，俊男美女，珠光寶氣，難怪吸引無數韓迷緊緊盯著螢幕觀看！就首集看女主角孫藝珍乘滑翔機於颶風中驚險飛行，結果降落朝鮮荒地，那一組連動鏡頭，已夠震撼，令人心情也像跳傘般，忽然由高下墜，很想追看下去。

　　閨蜜們最興奮談論的離不開英俊的男角玄彬，他在此劇中是正義軍官，鋼琴王子、理想情人的化身，形象比他在《秘密花園》一劇演的富家子更有魅力。像許多愛情片般，軍官政赫和女主角世麗背景相反（朝鮮和南韓，南轅北轍），二人由鬥氣冤家開始，發展成異地愛侶。無奈身份懸殊，家庭、國境等都有很大距離，要成為伴侶困難重重！我欣賞編導塑造了不一般的富家女，世麗不是那類受

呵護或奢華刁蠻的公主，她有主見，有膽識，有活力，是個頑強又漂亮的時代女性。（若非性格如此，在流落朝鮮後怎生存？）南韓視后孫藝珍演得入型入格，像這樣的一個女子，和男主角絕頂相襯。

我覺得編導能成功利用很多細節，令二人愛情路曲折迂迴，看得人心疼感動，例如每次滑翔機之升降可說是反映二人情感所依的意象。第一次，世麗被迫降於叢林，跌倒於政赫懷抱中。第二次，政赫擁著世麗藉滑翔機飛離險境，愛已暗生滋長。到後來，當二人各自回到自己國家生活，沒法通訊，只在心中等著……觀眾都著急了，他們何時再見呢？世麗的獨白，尤其令我感動！她天天竭力地工作、生活，因為她說：「要等待著重新相見的日子，我正為此而活！」終於，在最後一場，世麗乘著滑翔機，飛越瑞士的雪山，緩緩降落的一刻，她與愛人相見了；那畫面多浪漫！

最後一集這金句「要等待著重新相見的日子，我正為此而活！」不正切合大家如今居家隔離的心情麼！

還想談另一套韓國電影《好狗特工隊》，此片猶如諧趣的童話，令人捧腹；由我欣賞的性格演員李星民，和一隻軍犬演對手戲，合力破案。說它像童話，因劇本套用了不可思議的意念：主角因一次意外，頭部受傷後，便具有與動物溝通的能力，有了這奇妙的安排，情節發展便引人入勝！從喜劇層面來看，此片很多情節的確惹笑，娛樂性豐富。第一場便開門見山，介紹討厭動物的特工朱先生，竟在升降機中被鄰居的狗噴尿！雖然影片中也夾雜有一些

誇張過度的笑料，甚至顯得有點「王晶」式的低俗，例如主角朱先生嘗試在動物園與大猩猩取資料查案，大猩猩要看了國家地理雜誌的美女猩猩才肯回答，相當離奇。但主線故事有趣吸引，演員演技出色，人和動物和諧相處，一起乘公車，相互默契等等美好畫面教人擊節拍案，可掩蓋其不足或瑕疵。我覺得主角和軍犬阿里的演出特棒！阿里這軍犬可說是這部電影的亮點，與大多數以動物為主題的電影不同，阿里這角色很有個性。牠扮演一隻訓練有素的軍犬，但牠不一定肯幫新主人朱先生，牠也有情緒，渴望得到尊重。阿里狗演員和影帝李星民於此片擦出火花，從他們的相識、互相接納，到互相默契，投入工作以至為救對方不顧自己的性命，雙方義無反顧，生動表情自然流露，阿里的眼神也似會說話，令人感到主角真的能聽懂阿里的說話呢！

　　此電影在嬉笑中寄寓了現實意義，人類不可以像主角最初那樣蔑視動物，要試站在動物的角度，其實動物也有自己的聲音。我們應當與大自然和動物相互尊重、共存，世界才會美好！

本創文學 59

捕捉時光，留住晴天：英明選集

作　　者：潘金英、潘明珠
責任編輯：黎漢傑
封面設計：Kalos
設計排版：多　馬
法律顧問：陳煦堂 律師

出　　版：初文出版社有限公司
　　　　　電郵：manuscriptpublish@gmail.com

印　　刷：陽光印刷製本廠

發　　行：香港聯合書刊物流有限公司
　　　　　香港新界荃灣德士古道 220-248 號
　　　　　荃灣工業中心 16 樓
　　　　　電話 (852) 2150-2100　傳真 (852) 2407-3062

臺灣總經銷：貿騰發賣股份有限公司
　　　　　電話：886-2-82275988　傳真：886-2-82275989
　　　　　網址：www.namode.com

新加坡總經銷：新文潮出版社私人有限公司
　　　　　地址：71 Geylang Lorong 23, WPS618 (Level 6),
　　　　　　　　Singapore 388386
　　　　　電話：(+65) 8896 1946　電郵：contact@trendlitstore.com

版　　次：2022 年 5 月初版
國際書號：978-988-76022-6-2
定　　價：港幣 98 元　新臺幣 300 元

Published and printed
in Hong Kong

香港藝術發展局
Hong Kong Arts Development Council 資助
香港藝術發展局全力支持藝術表達自由，
本計劃內容並不反映本局意見。